COLLECTION FOLIO

Louis Guilloux

Salido

suivi de

O.K., Joe !

Gallimard

© *Éditions Gallimard, 1976.*

Louis Guilloux est né le 15 janvier 1899 à Saint-Brieuc. Il fut élève au lycée où enseignait Georges Palante.

A la fin de la guerre, il quitta Saint-Brieuc pour Paris où il exerça la profession de journaliste. C'est en 1927 qu'il publia son premier roman : *La maison du peuple*, inspiré par son enfance et dédié à son père cordonnier.

Ses convictions humanistes le conduiront à devenir secrétaire du Ier Congrès mondial des écrivains antifascistes, et responsable du Secours populaire français. Il écrira un roman tous les deux ans : *Dossier confidentiel, Compagnons, Hyménée, Angelina*, avant de publier en 1935 celui qui est considéré comme son chef-d'œuvre : *Le sang noir*.

En 1936, après son voyage en U.R.S.S. avec André Gide, il refusera d'écrire lui aussi un « Retour de l'U.R.S.S ». *Le pain des rêves*, qu'il écrit en Bretagne durant l'Occupation, lui vaut le Prix populiste 1942.

Le jeu de patience paraît en 1949, couronné par le prix Renaudot. En 1952, il fait paraître *Absent de Paris*, suivi deux ans plus tard, de *Parpagnacco*.

A la mort de son ami Albert Camus, il publie *Les batailles perdues*. En 1962, sous le titre de *Cripure*, il reprend le personnage inspiré par Georges Palante, héros du *Sang noir*, pour en faire une pièce de théâtre. L'œuvre de Guilloux prend peu à peu sa place. En 1967 paraît *La confrontation*; cette année-là, Louis Guilloux se replonge dans l'œuvre de Conrad, qu'il a toujours admirée, et il adapte certains de ses récits pour la télévision. Toute sa vie, Paris lui manquera quand il se trouvera à Saint-Brieuc, qui lui manquera lorsqu'il habitera Paris.

En 1976, il publie *Salido* suivi de *O.K., Joe!*. *Coco perdu* paraît en 1978, puis le premier tome de ses *Carnets*. Louis Guilloux meurt en 1980 à Saint-Brieuc.

L'ensemble de son œuvre aura été couronné par le Grand Prix national des Lettres, le Grand Prix de littérature de l'Académie française et le Grand Aigle d'or. Le deuxième tome de ses *Carnets* paraît en 1982.

L'herbe d'oubli, herbe magique, ainsi nommée en Bretagne, déroute celui qui la foule : les korrigans l'entraînent dans une danse sans autre fin que la mort. L'herbe d'oubli recouvre les vestiges du passé ; c'est le titre du dernier recueil de souvenirs de Louis Guilloux.

Salido

11 septembre 1939.

... C'est le même bruit de casseroles remuées, de marmites qu'on remplit d'eau, le même potin de sabots de bois sur le carrelage de la cuisine qui m'a réveillé. Il devait être dans les cinq heures du matin. La mère Gautier venait d'arriver.

Au Centre, la nuit n'avait pas été bien tranquille et j'aurais volontiers dormi encore. M'en sentant incapable je me suis levé pour aller dans la cour m'asperger d'eau froide à la pompe. Après quoi je suis entré dans la cuisine prendre une tasse de café.

— Tiens! c'est vous! Bonjour, camarades. Pas la peine de se presser ce matin, m'a dit la mère Gautier. Les trains ont un retard énorme.

C'est un cheminot rencontré en venant au Centre qui le lui avait dit.

— Il paraît que c'est à cause des convois militaires?

11

Pépète, la fille de la mère Gautier, une maigre gamine d'une quinzaine d'années, était assise à une table devant un grand bol de café et de vastes tartines. Elle bâfrait sans rien voir, sans rien entendre, sans rien dire.

— Et alors? On vous a convoqué vous aussi, camarade?

Camarade! Je me suis dit qu'il allait bientôt falloir oublier la vieille habitude de s'appeler ainsi.

— A la police? précise la mère Gautier.

— Comment l'avez-vous appris?

— Ah! fait-elle, en posant devant moi la tasse de café, tout se sait, voyons! Et où en sont les choses en Pologne?

Je n'avais rien appris de nouveau.

La mère Gautier retourne à son fourneau. Tout en buvant mon café je regarde accroché à un clou le long du mur le grand cabas de la mère Gautier, un grand cabas de paille tressée, noir, sur le mur blanc. Toujours le même cabas. Et, à côté du cabas, toujours le même petit chapeau au voile de crêpe.

Ça fait combien de temps que je l'ai vue pour la première fois? Pépète était toute petite. En 34 probablement. A la Maison du Peuple? Il devait s'agir d'un Noël pour les enfants des chômeurs.

Pour la préparation de cette fête, quand on avait demandé des volontaires pour collecter en ville des jouets, des vêtements, des bons de pain, de viande, de vin, de charbon, des lainages pour les tout-petits, la mère Gautier s'était avancée avec sa petite Pépète. C'est ainsi qu'elle s'était mise à fréquenter les camarades et on avait tout de suite vu qu'elle était seule au monde avec sa fille, veuve ou abandonnée, elle n'en avait jamais rien dit, vivant au jour le jour, travaillant quand il le fallait mais rusant, trichant de son mieux. Une vieille resquilleuse!

Vieille, non, pas encore. Si on l'appelait la « mère » Gautier ce n'était qu'une façon de dire. Elle pouvait avoir entre quarante et quarante-cinq ans.

Malgré ses cheveux grisonnants — elle avait encore parfois des airs de jeunesse et une sorte de gaieté dans l'esprit. Elle n'était pas bien grande, pas bien grosse, toujours en noir et coiffée de ce même petit chapeau avec son crêpe. Et traînant toujours partout avec elle ce grand cabas de paille noire, regardant, furetant partout, avec son nez un peu pointu et ses yeux vifs. Ce qu'elle resquillait n'était jamais grand-chose, un vêtement meilleur que les autres, une paire de souliers pour Pépète, une poignée de café, quelques morceaux de sucre. Tout cela allait dans le grand cabas. Maintenant que les organisations étaient dissoutes et qu'elle avait trouvé le moyen de se faire embaucher à la cuisine du Centre d'accueil aux Réfugiés, ce serait bien sûr la même chose.

Une vieille resquilleuse sans doute — et puis après? Il fallait bien vivre, et nourrir Pépète.

— Qu'est-ce qui va se passer d'après vous, camarade? Après la Pologne, ça va être notre tour, non?

13

Il y avait, ce matin-là, le 11 septembre 1939, six jours que ma voisine était accourue chez moi, en larmes, en me demandant si j'avais entendu à la radio que les Allemands venaient de bombarder Varsovie. D'autres bombardements avaient suivi et, aux dernières nouvelles, les combats se poursuivaient. Mais personne ne doutait plus que la Pologne serait écrasée. On allait apprendre aujourd'hui même sans doute que tout, là-bas, était fini.

— Dites donc, ils ne vous ont pas arrêté ? fit-elle avec un drôle de sourire.

— Ils n'ont aucune raison pour cela.

Pépète vide son bol, se torche le bec avec son bras, se lève et sort vivement sans un mot.

La mère Gautier n'a pas l'air de s'apercevoir que Pépète est partie.

— Vous savez de qui le commissaire m'a demandé des nouvelles ? De Salido.

Le visage de la vieille resquilleuse se renfrogne.

— Salido ! se récrie-t-elle... Un salaud ! Un beau salaud !

J'avais toujours su qu'elle avait quelque chose à reprocher au lieutenant Salido. N'avait-elle pas prétendu qu'à un moment donné Salido s'était mis à « tourner autour de Pépète » ?

— A cause de Pépète ?

— Oh, pas seulement. Mais c'est du passé. Ça n'a plus d'importance aujourd'hui, pourvu qu'il ne se ramène pas sur mon chemin !

— Il est peu probable qu'on le revoie jamais.

Vous savez... jamais le commissaire ne se consolera de n'avoir pas réussi à lui mettre la main au collet !

Là, la mère Gautier rit de bon cœur. Ce petit freluquet de commissaire ! Mettre la main au collet du lieutenant Salido !

— C'est risible... La main au collet !

— Je l'ai entendu le dire lui-même.

— N'en parlons plus, camarade, fit-elle en se renfrognant de nouveau. Un salaud. Un beau salaud, c'est tout.

Je n'ai rien répondu et je suis parti.

... A peine faisait-il jour. Personne dans la cour de la gare. Le hall aussi était vide. Sur un tableau noir une inscription à la craie :

« En raison des circonstances le train en provenance de Paris, attendu pour cinq heures trente, subira un retard indéterminé. »

— Ça commence... dit quelqu'un près de moi.

Un errant. Je ne l'avais pas entendu arriver. Un homme d'une cinquantaine d'années. A son avis, les convois militaires devaient encombrer les voies ou bien il s'était passé quelque chose qu'on ignorait encore. Tout était peut-être fini en Pologne et les Allemands avaient attaqué en France ? Lui, il était arrivé la veille. Sa femme était dans le Midi. Ils avaient rendez-vous ici.

Au fracas d'un train entrant en gare l'homme errant part en courant se poster à la sortie des voyageurs. Presque en même temps le hall se remplit d'une bande de jeunes soldats anglais. C'est le premier convoi de troupes anglaises qui

15

traverse la ville. Les jeunes Anglais cherchent un endroit où ils pourraient boire — mais le buffet est fermé. Tout à coup je vois un gros homme en bleu, casquette et sacoche des contrôleurs, empoigner un Anglais et le secouer en le traitant de voleur.

— Le cochon! Il a les poches bourrées de paquets de cigarettes!

L'Anglais vient de cambrioler la boutique de la marchande de tabac et de journaux. Le contrôleur le tient d'une main, de l'autre il le fouille, reprend les paquets de cigarettes.

— C'est un cas de conseil de guerre. Tu vas y passer, mon salaud!

L'Anglais parvient à s'échapper. Toute la bande se sauve vers le quai.

Apparaissent deux officiers. Le contrôleur se jette vers eux, leur montrant les paquets de cigarettes. Les officiers n'y comprennent rien. Le contrôleur se tourne vers moi.

— Vous ne pouviez pas leur expliquer? Vous êtes témoin...

Oui. Mais le contrôleur a récupéré tous les paquets de cigarettes, non?

— Il a tout rendu, non? Vous lui avez tout repris?

— Oui.

— Qu'est-ce qu'il vous faut de plus?

Il hausse les épaules avec mépris et part en grommelant.

Je suis retourné dans la cour toujours aussi déserte. L'homme errant a disparu. Ne sachant que faire de moi-même je suis monté sur la passerelle qui surplombe la gare. Le long du quai, le train d'Anglais.

Les hommes sont descendus sur le quai. Dans le jour naissant, je les vois aller et venir un peu comme des ombres. J'entends leurs voix, leurs appels, le piétinement de leurs gros souliers sur le bitume. Quelques lumières bleues sont encore allumées.

De là où je me suis posté, appuyé à la balustrade, la vue s'étend fort loin sur les terres qui peu à peu s'éclairent. J'aperçois un bout de route entre les poteaux du télégraphe, les fils brillants de gouttelettes, un clocher, un tronçon de rails et, sur ma gauche, les toits de la ville émergent. C'est un très beau début de journée, mais quoi ! N'avais-je donc rien d'autre à faire qu'à attendre un train qui n'arrivait pas en en regardant un autre qui ne partait pas ?

Pour une journée qui s'annonçait vide, elle commençait de bien bonne heure.

Du dernier train de Paris arrivé la veille vers les onze heures du soir étaient descendues deux fillettes de dix et douze ans, toutes seules, un écriteau portant leurs noms et une adresse épinglé à leur corsage, leur masque à gaz en bandoulière. Il était arrivé aussi des vieux et des vieilles et une jeune femme étrangère, une juive allemande, avec deux enfants dont l'un était tombé malade en route. Elle pleurait à chaudes larmes en refusant de se séparer du petit malade qu'il fallait emmener à l'hôpital. On avait été pour ainsi dire contraints de le lui arracher. Ensuite, elle avait continué longtemps à pleurer et à crier en se roulant sur son lit...

Le dortoir n'était que faiblement éclairé par quelques ampoules bleues. Un vieillard s'était mis à tousser. Les deux petites filles dormaient profondément, l'une près de l'autre, leurs masques à gaz au pied de leurs lits. La mère douloureuse avait fini par s'endormir et tout était resté calme pendant quelques instants. Mais voilà que de grands cris avaient retenti, réveillant à peu près tout le monde. C'était un nerveux qui « piquait une crise », un homme de quarante et quelques années qui hurlait et se débattait. Il avait fallu le maîtriser, appeler l'ambulance et l'y hisser avec les plus grandes peines du monde.

Un peu plus tard, vers les trois heures du matin, l'abbé Vallée était passé, pour m'apprendre qu'il partait le lendemain aux armées. Il allait dire sa messe à Notre-Dame-de-l'Espérance. Ce serait sa dernière messe ici. Ne voudrais-je pas l'accompagner ? Sa voiture était devant la porte.

Nous sommes partis ensemble pour la Basilique avec son assistante. Nous étions seuls dans l'église. Après la messe, l'abbé m'a ramené au Centre. Je me suis couché sur un petit lit de camp parmi les réfugiés et j'ai dormi là jusqu'au moment où le remue-ménage de la mère Gautier m'a réveillé...

Un beau salaud! Pourquoi, si ce n'était pas seulement à cause de Pépète?

Salido n'était pas un homme sympathique, il est vrai, mais de là à le traiter de « beau salaud »... De prime abord, Salido inspirait plutôt de la crainte. C'était sûrement un homme dangereux. Mais et après?

Quoi qu'il pût en être, c'était aujourd'hui un homme perdu.

Avec l'heure qui s'avançait des gens venant de l'autre côté de la ville traversaient la passerelle pour se rendre à leur travail. Certains s'arrêtaient un instant à regarder ce qui se passait en bas, puis ils repartaient en jetant un coup d'œil à leur montre. Moi, j'avais le temps.

Je calculais que cela faisait à peine six mois depuis le début d'avril que sur ce même quai une huitaine de jours avant la chute de Madrid j'avais assisté au départ du dernier convoi de miliciens qu'on rembarquait pour le camp du Vernet.

Seul du contingent Salido manquait.

M. le commissaire spécial avait fait ce jour-là tout ce qu'il avait pu pour laisser à cet évadé sa dernière chance. Qu'il rejoigne le contingent et tout serait dit! M. le commissaire spécial avait attendu longtemps avant de donner le signal du départ.

Dès leur arrivée en gare on avait fait embarquer les miliciens. Ils se penchaient aux portières, bavardant avec les camarades venus leur dire adieu. Des gardes mobiles casqués mais sans armes se promenaient le long du train. Tous les officiels étaient sur le quai : M. le préfet et son secrétaire général, M. l'officier de police en uniforme, des inspecteurs. Ils attendaient Salido qui n'arrivait pas. De nombreux militants parcouraient le quai, échangeaient des poignées de main avec les miliciens qui agitaient tout ce qu'ils pouvaient posséder de rouge en fait de mouchoirs, de foulards, d'écharpes, et brandissaient le poing.

Un garde mobile voulut faire baisser le sien à Pierre.

— Baisser mon poing! répliqua Pierre de sa toute petite voix. Baisser mon poing? Tu veux que je te le baisse sur la gueule?

Après une longue attente vers les six heures du soir le train s'ébranla dans une grande clameur. Les miliciens aux portières agitant leurs mouchoirs ou leurs écharpes rouges, leurs bonnets, aux cris de « Vive l'Espagne rouge! »

— *Arriba España roja!*

Deux jours plus tard on devait apprendre que Mussolini venait d'attaquer l'Albanie...

... Un Anglais ayant ouvert en grand un robinet se lavait, le torse nu, à larges brassées. Le soleil était déjà haut, il faisait clair. Tout promettait que la journée serait belle. Une vraie journée d'été. Journée de vacances. Pourquoi ne pas allumer une cigarette ? J'avais un paquet de « troupes » acheté à la vieille religieuse pharmacienne de l'hôpital pour les miliciens.

« Un beau salaud. » Pourquoi ? Bien sûr, le lieutenant Salido n'était pas un homme aimable, mais... Ses camarades eux-mêmes avaient toujours semblé le tenir à l'écart, exception faite pour le capitaine Muela, mais... Il ne recherchait la sympathie de personne et la seule idée qu'il pût en éprouver pour quiconque ne venait même pas à l'esprit. Il avait fait la guerre dans la cavalerie et gagné ses galons à Teruel. On en voyait encore les traces, comme des cicatrices, sur les manches de sa veste kaki comme sur les manches de la veste du capitaine Muela, lequel était un officier de carrière qui dès le premier jour avait choisi la République.

A Salido, pas plus qu'au capitaine, nous n'avions jamais posé de questions. A qui en avions-nous posé ? Je n'avais jamais su quel métier Salido exerçait avant la guerre civile, ni quel avait été son rôle politique, s'il en avait eu un, et s'il avait laissé en Espagne femme et enfants. Salido lui-même n'avait jamais rien dit là-dessus. Il est vrai qu'il ne parlait pour ainsi dire pas.

Il faisait maintenant grand jour. Les gens traversant la passerelle étaient plus nombreux. Certains s'arrêtaient encore pour regarder dans la gare. Un train d'Anglais? Il y avait longtemps qu'il était là? Pourquoi ne repartait-il pas? On n'en savait rien. C'était la guerre, les ordres, les contre-ordres, la confusion. Les gens repartaient à leur travail. D'autres arrivaient, regardaient et repartaient.

Un manœuvre, à en juger par son vêtement et la musette en bandoulière, s'arrêta plus longtemps que les autres et s'accouda. Une sirène d'usine retentit. Le manœuvre s'en alla.

— Ça commence à devenir emmerdant, dit une voix à mon oreille.

C'était l'homme errant.

— Alors? fit-il en venant s'accouder près de moi, toujours pas de train de Paris?

Toujours pas. On pouvait espérer quand même.

Le malheureux ne savait que faire, il n'osait pas quitter la gare.

— Au cas où le train arriverait quand même d'un moment à l'autre. Vous comprenez?

Il me demanda si, à ma connaissance, il ne s'était rien passé encore? A ma connaissance, non. Il avait peur que les Allemands ne bombardent Paris.

— Et comment elle fera, ma femme, pour venir me rejoindre ici?

Qu'allais-je lui répondre? Il avait déjà disparu...

... et pourquoi ce drôle de sourire de la mère Gautier en me posant la question de savoir pourquoi on ne m'avait pas arrêté? Pourquoi la gêne que j'avais éprouvée en lui répondant qu'ils n'avaient aucune raison pour cela? Drôle n'est pas le mot. Un sourire plutôt complice qui me rappela tout à coup une lueur dans le regard de M. le commissaire spécial quand il m'avait dit à la fin de l'interrogatoire : « Allons! Rien de bien méchant là-dedans! »

Il y avait déjà un long moment que j'étais là, dans son bureau, debout devant lui assis. Il avait commencé par me dire que, « comme tous les nouveaux, vous comprenez bien, M. le secrétaire général qui succède à M. Mauléon n'a pas entretenu avec vous les bons rapports — on peut même dire amicaux — que vous aviez avec son prédécesseur. Il ne vous connaît que de réputation ».

Une porte grande ouverte à côté laissait voir ce qui se passait dans la pièce voisine, où un certain nombre de camarades du Parti, parmi lesquels le vieux père Debord, étaient assis devant des tables en train de remplir des questionnaires.

— Une simple formalité, continua M. le commissaire spécial. Je ne vous ferai même pas subir un interrogatoire d'identité. D'ailleurs vous n'avez jamais eu à proprement parler d'activité politique, mais une activité sociale considérable. Non?

— Oui.

— Jamais appartenu à aucun parti ?

— Non.

— C'est tout ce qu'il me faut. Mais vous avez écrit, fait des conférences, participé à des manifestations. Vous étiez un membre influent du Secours rouge ?

— Responsable.

— Et le Secours rouge était affilié au parti communiste ?

— Oui.

— Quel genre d'organisation au juste ?

— Son but a toujours été de venir en aide aux victimes du fascisme.

— En quelle année a commencé votre activité ?

— En 1933. Après la prise du pouvoir par Hitler. Surtout en 1934, quand les premiers réfugiés politiques espagnols sont arrivés ici, après Oviedo.

— Vous les receviez chez vous ?

— Naturellement.

— Et en 36, 37, etc. ?

— Nous avons eu ici, vous le savez, pendant toute la guerre d'Espagne des milliers de réfugiés civils. Je me suis toujours intéressé à eux.

— Et toujours sans appartenir à aucun parti ?

— Cela n'était pas nécessaire.

— Je vois... en somme, vous avez toujours été un franc-tireur, comme le disait M. Mauléon, l'ancien secrétaire général. Que pensez-vous de Staline ?

— Moi ? Staline, monsieur le commissaire...

— Bon. Je devais aussi vous poser cette question-là. Ça ira comme ça. Vous pouvez rentrer chez vous. Rien de bien méchant là-dedans...

Rien de bien méchant !

Il me tendit la main. Pour ceux qui pouvaient nous voir à travers la porte ouverte et qu'on allait arrêter tout à l'heure, nous devions avoir l'air de deux vieux amis au moment d'une longue séparation. M. le commissaire spécial retenait ma main dans la sienne et me regardant d'une certaine manière, dont je venais de retrouver quelque chose dans le sourire de la mère Gautier, m'informait qu'il allait partir le jour même en mission. Vu les circonstances, il était possible qu'il ne revienne jamais dans cette ville. Il devait prendre le terrain dans l'après-midi pour accompagner jusqu'à la frontière un dernier convoi de réfugiés civils espagnols, ensuite on le réclamerait à Paris.

Il bavardait, mais enfin il me lâcha en me demandant brusquement :

— J'oubliais... Et Salido ? Toujours pas de nouvelles ?

— Aucune, monsieur le commissaire.

— Sûr ?

— Complètement disparu. Pour tout le monde.

— Comme vous voudrez, répliqua-t-il sèchement...

Un coup de sifflet en bas. Tous les hommes rembarquèrent. Sur la passerelle, des ouvriers et

employés plus nombreux, quelques curieux arrêtés. Le manœuvre était revenu, un vagabond,
plutôt, à bien regarder ses loques.

Pauvre type! Il n'avait pas trouvé d'embauche.
Un trimardeur, un de ces hommes sans feu ni
milieu qui en traversant le village demandent à
coucher dans une grange.

Qu'allaient-ils devenir, ceux-là, les sans-métier,
les sans-travail, tous ces clochards dont l'armée
elle-même ne voudrait pas?

Depuis le coup de sifflet rien ne bougeait plus
sur le quai. Le train allait partir. En effet il
s'ébranla, mais lentement. C'était pour une
manœuvre. On changeait de quai. Le train revint à
reculons et s'arrêta. Un nouveau coup de sifflet
retentit. Les hommes redescendirent. Ce fut aussitôt la même bousculade qu'avant, les mêmes cris et
les mêmes appels.

Maintenant qu'il faisait grand jour j'aurais dû
retourner au Centre prendre des nouvelles de la
malheureuse mère et téléphoner à l'hôpital pour
en avoir de l'enfant malade, m'informer des deux
fillettes aux masques à gaz... Mais je ne bougeai
pas. Quelque chose me retenait là, la vague idée
que puisque le train d'Anglais avait changé de
quai, c'était pour laisser la voie libre au train qui
allait arriver de Paris?

Une sirène se mit à hurler. Ce n'était pas cette
fois une sirène d'usine mais la sirène d'alerte.

Comment se faire à cet horrible hurlement de bête ? Je ne le pourrais jamais. Pas plus qu'au reste, à ces masques à gaz, ces tas de sable déposés partout, à ces abris creusés sur les places et dans les jardins et jusque dans les cours des écoles comme pour des taupes. La sirène hurla longtemps. Les gens traversant la passerelle s'arrêtaient pour regarder en l'air. Ne voyant rien ils s'en allaient en disant que ce n'était pas encore pour aujourd'hui. En bas, les soldats s'étaient immobilisés le nez levé. Le hurlement décrut et enfin s'évanouit comme une grande tache sonore dans le ciel. Fin d'alerte.

Si c'était pour en arriver là !

En rentrant chez moi j'arracherais du mur dans mon escalier les images que j'y avais piquées depuis longtemps, mon « journal mural » fait de toutes sortes de documents, d'affiches, de tracts, de photos de la guerre en Chine, de l'entrée des troupes d'Hitler à Vienne, des pages de journaux : *Giustizia e Libertà*, journal des antifascistes italiens, de journaux d'Espagne, le plus récent étant un journal des derniers jours de la résistance de Madrid. Les premières images que j'eusse songé à mettre là étaient celles des grandes journées du Front populaire à Paris, de la grande journée de la commémoration de la Commune, celle du rassemblement à la Nation, le 14 Juillet, trois jours avant le soulèvement de Franco.

Cet ensemble formait sur le mur un grand bariolage où se lisait l'histoire contemporaine. J'arracherais tout cela. Je jetterais tout à la poubelle.

En sortant de chez M. le commissaire spécial, je m'étais rendu à la Préfecture pour voir M. le secrétaire général et lui dire que, déchargé de toutes obligations militaires, je me mettais à sa disposition particulièrement pour le Service des Réfugiés qui tous les jours affluaient du Nord de la France et de Paris.

— Monsieur, me répondit-il, vous ne représentez plus rien.

... Des volontaires allaient à l'arrivée des trains attendre les réfugiés. Ils les aidaient à porter leurs bagages en les conduisant jusqu'au Centre d'accueil devant la gare.

Dans ce qui autrefois avait été la salle des fêtes d'un patronage on avait installé des lits et dressé des tables. A côté, se trouvait une grande salle transformée en réfectoire, et la cuisine, qui donnait sur une cour. La salle des fêtes ressemblait à un campement où des gens de tous les âges allaient et venaient, persuadés, à peu près tous, qu'il ne se passerait rien et qu'ils rentreraient chez eux dans quelques jours.

On me donna un brassard blanc portant en rouge les lettres C. A. : Commission d'accueil. Des jeunes gens, des jeunes filles, lycéens et lycéennes encore en vacances, formaient le gros des volontaires. On m'apprit que les trains arrivaient généralement avec de très grands retards. Une équipe devait se trouver toujours prête de jour et de nuit.

Il ne s'agissait pas rien que de conduire les réfugiés au Centre mais aussi de les aider à gagner tel village s'ils y avaient des parents, de s'informer des cas particuliers, de s'occuper des enfants, des malades. Presque tous ces réfugiés appartenaient à ce qu'on appelle la classe moyenne : petits commerçants, petits employés, des vieux et des vieilles, de nombreux jeunes gens.

La première fois que je me rendis au Centre, dans l'après-midi du même jour où j'avais comparu devant M. le commissaire spécial, puis été voir M. le nouveau secrétaire général à la Préfecture, se trouvait, parmi la cohue des réfugiés, un très vieil homme, droit, solide, peut-être un vieil officier depuis vingt ans en retraite, peut-être un vieux clerc de notaire, fort bien et fort décemment vêtu. Il marchait sans arrêt d'un bon pas à travers la salle, les mains derrière le dos, son chapeau melon un peu sur le coin de la tête. Rien qu'à le voir on sentait qu'il n'avait guère envie de lier conversation avec personne. Son visage un peu bouffi, un peu gris, sa grosse moustache à la vieille mode, son regard en dedans, il n'avait pas l'air commode mais dans l'ensemble il respirait la force, l'énergie, la santé. Ce devait être un veuf ou un vieux célibataire. Il était là avec sa bonne, une femme d'une soixantaine d'années, d'allure paysanne, dont le fils habitait un village de la région. Elle allait se réfugier chez lui. Lui-même, son patron, n'avait rien à faire dans le pays. Il n'y était venu que pour accompagner sa servante. Dès qu'il

29

la saurait en sûreté chez son fils il partirait plus loin.

La difficulté était de trouver une voiture pour conduire la servante jusqu'au village chez son fils. Ma première mission fut de trouver cette voiture. Ce n'était pas facile mais on en trouva une enfin. J'assistai aux adieux du maître et de la servante. Ils furent brefs et dignes de part et d'autre. Ils savaient l'un et l'autre qu'ils ne se reverraient jamais. Mais de cela ils ne dirent pas un mot. Ni l'un ni l'autre.

Qui eût jamais pensé qu'une heure plus tard on allait voir reparaître la servante que le même taxi ramenait. On la vit descendre en traînant sa valise, le visage baigné de larmes.

Le vieux maître lui-même parut perdre son sang-froid en apprenant que le fils avait mis sa mère à la porte. Pas le fils : la bru. « Si ta mère entre ici, c'est moi qui m'en vais. »

Le vieux maître en entendant cela tressaillit de toute sa personne, mais il se contint. A la manière dont il regarda sa servante on vit bien qu'il partageait tout, mais qu'il désapprouvait le désordre où elle se trouvait, ces larmes, ces hoquets qui l'agitaient.

— Bon, dit-il. Vous viendrez avec moi. Allons ! Tenez-vous !

Miraculeusement elle se tint. Les larmes et les hoquets cessèrent. Elle alla s'asseoir quelque part, il reprit sa promenade, les mains derrière le dos. Ils disparurent dans la fin de la journée.

« ... Rentre chez toi — remets-toi au travail, arrache ou n'arrache pas de ton mur ces images que tu y as épinglées comme un enfant. »

J'avais beau me répéter à moi-même ces bons conseils, je ne bougeai pas. En bas, le spectacle ne changeait guère. De temps en temps je levais les yeux vers l'horizon d'où le train de Paris n'arrivait toujours pas, mais où le soleil grandissant resplendissait.

Une belle journée d'été, pour sûr!

« Rentre chez toi! N'allume pas cette cigarette... Remets-toi au travail! »

Le travail? Il me semblait avoir menti toute ma vie. Je n'avais rien à renier, loin de là, mais tout à refaire. Il y aurait désormais un autre *avant* et un autre *après*.

Plus tard, mais dans combien d'années, les survivants parleraient de l'ancien temps, comme nous avions nous-mêmes parlé de l'espèce de bonheur des années 20 et quelques, tant la croyance était forte qu'il n'y aurait plus jamais de guerres bien que la corde coûtât trop cher à Berlin pour se pendre. Nous parlions de la S.D.N., d'Aristide Briand, le Pèlerin de la Paix « Arrière les canons! Arrière les mitrailleuses! Tant que je serai là il n'y aura pas la guerre! » Mais on parlait déjà aussi de la dévaluation, du « franc Poincaré », de la crise, de la détresse américaine devant vingt millions de chômeurs, des marcheurs de la faim en France, en

Angleterre, en Allemagne. En 32, on chantait *Le Temps des cerises*. On espérait, malgré l'incendie du Reichstag, malgré l'insurrection écrasée dans les Asturies et l'ignoble répression qui avait suivi la défaite des mineurs, malgré la guerre de Mussolini à l'Éthiopie, malgré qu'au Brésil on jetât le café à la mer et qu'ailleurs on chauffât les locomotives avec du blé, malgré la guerre d'Espagne et Franco vainqueur. Et les procès de Moscou?

Sur le quai, un petit groupe de soldats assis en rond chantaient en chœur une vieille chanson d'Irlande...

« Allons! Si tu ne veux pas rentrer chez toi va te promener! Va à la plage. Baigne-toi. Tu es libre. Tu n'as de comptes à rendre à personne et personne ne t'en demande. N'oublie pas que tu ne représentes plus rien... Tu n'es pas dans le coup... "rien de bien méchant là-dedans". Quels salauds! Va faire un tour à la campagne. Profite du beau temps! Va t'asseoir au pied d'un arbre, près de l'étang couvert de nénuphars du château Billy comme tu le faisais à quinze ans, pour lire les poètes. En rentrant en ville tu montais sur cette passerelle où te voilà ce matin pour regarder les trains qui marchaient au charbon en ce temps-là. De lourdes fumées grises enveloppaient tout par-dessus les trains arrêtés. Les foyers des locomotives, que les mécaniciens fouillaient avec leurs ringards, jetaient de grandes lueurs dans la nuit.

« Quel appel, quel espoir ! Et les sifflets des locomotives ! L'odeur de la fumée ! Et le mouvement, les cris, les appels de gens qui avaient le bonheur de partir, tous de grands aventuriers ! Les marins, surtout, traînant leurs sacs et s'embarquant si joyeusement pour Toulon d'où ils iraient à Bizerte, et de Bizerte peut-être au bout du monde, vers l'Australie. Ils verraient la Croix du Sud. »

C'est de cette même passerelle en 1917 que j'avais vu arriver les premiers trains de troupes américaines, un soir. Les hommes portaient de grands chapeaux de boy-scouts. Ils se penchaient aux fenêtres, agitaient la main : « *Good night ! Good night !* »

... Au mois de février de cette même année 1939, époque à laquelle le lieutenant Salido et ses compagnons arrivèrent chez nous, la situation des trois cents réfugiés civils rassemblés au camp de Gouédic dans les ruines d'une usine abandonnée n'était pas encore réglée. Pas plus que celle de quelques autres, qui logeaient en ville ; un professeur, sa femme et leurs deux enfants, et l'ingénieur des Chemins de fer Duran, venu tout droit de Barcelone à la recherche de son fils José Luis et de sa fille Carmen.

José Luis était un grand garçon de seize ans, très robuste et plein d'ardeur, Carmen son aînée, une assez belle fille un peu nonchalante. Ils faisaient tous les deux partie de ces trois cents réfugiés qui attendaient depuis une quinzaine de jours de savoir ce que l'on ferait d'eux.

Le lieutenant Salido, de son côté, appartenait à un contingent de miliciens blessés en subsistance à l'hôpital. L'ingénieur Duran logeait à l'hôtel des Voyageurs près de la gare. Il attendait de pouvoir retirer ses enfants du camp. Il prendrait alors le bateau pour le Mexique, emmenant José Luis avec lui. Carmen retournerait en Espagne près de sa mère.

L'ingénieur n'avait pas d'argent, mais des bijoux. Il songeait à les vendre. Il eût fallu pour cela aller à Paris. Mais Paris et la région parisienne étaient interdits aux réfugiés. Bien que les difficultés fussent nombreuses et sérieuses, l'ingénieur ne se décourageait pas. Il y avait même en lui une sorte de gaieté, on aurait pu dire de joie, parfois. Il bavardait beaucoup, riait beaucoup, tout à l'inverse d'un autre réfugié comme lui, plus âgé, qui habitait aussi l'hôtel des Voyageurs, M. Solares.

Ce M. Solares était un homme de cinquante à cinquante-cinq ans, ancien maire d'une petite commune des Asturies. M. Solares parlait peu, ne riait jamais. Il ne demandait rien à personne. Ce qu'on avait jamais su de lui, c'était par l'ingénieur. Malgré tout le respect qu'inspiraient ses grands malheurs et ses grands mérites, M. Solares restait pour nous comme un étranger. Il avait la figure d'un petit patron, la voix éteinte, des allures de petit bourgeois rechigné. Il était grand, maigre, sec, avec un long visage fermé, des pommettes osseuses et des joues creuses, le teint jaune, les lèvres blanches sous une petite moustache poivre et sel. Avec sa requimpette, son chapeau melon et son parapluie, il se promenait toujours seul, tandis que son fils Manuel, qu'il avait réussi à tirer du camp de Gouédic, se reposait.

La grande terreur de M. Solares était que Manuel n'eût contracté quelque maladie dans les camps. A cinquante-cinq ans il est difficile de se refaire une vie quand on a tout perdu. M. Solares avait été un riche propriétaire et passé de longues années au Mexique où il avait fait une fortune. Revenu en Espagne après avoir vendu tout ce qu'il possédait au Mexique, il était rentré dans la maison de ses pères comptant y finir ses jours. C'était l'année vers la fin de laquelle éclata l'insurrection des Asturies.

Tout riche propriétaire qu'il était, fils de famille et rapportant du Mexique une fortune, M. Solares avait prix le parti des insurgés. Plus tard, en juillet 1936, il avait pris celui de la République. Maintenant il n'avait plus qu'à retourner au Mexique. Sa femme était morte, et ses deux fils aînés tombés en défendant Madrid. Il ne lui restait que ce petit Manuel, un garçon de dix-sept ans, éberlué par tout ce qu'il avait vu et subi. C'était pour lui surtout qu'il voulait repartir au Mexique. Mais comme les autorisations tardaient à venir !

— Il faut faire vite, camarade, me répétait sans

cesse l'ingénieur. Il faut les presser à la Préfecture et obtenir à Paris que la Délégation espagnole...

Quant au professeur et à sa famille, leurs collègues français les avaient recueillis et logés au collège de jeunes filles. Pour compléter le tableau il faut ajouter que Pablo, dont nous n'avions pas eu la moindre nouvelle pendant la guerre, venait d'arriver chez nous.

Une quinzaine de jours plus tôt une lettre de Pablo nous était parvenue. Ayant réussi à se tirer de la cohue des miliciens traversant la frontière il se trouvait près de Banyuls, chez un camarade, sain et sauf. Il souhaitait revenir chez nous si M. Gascon le marchand de primeurs consentait à le reprendre à son service. M. Gascon « el Gordo » avait tout de suite répondu que oui. Nous n'avions pas attendu pour envoyer à Pablo des habits civils et un peu d'argent. Dès le lendemain de son retour Pablo était au travail. Le soir il venait dormir à la maison en attendant de pouvoir s'installer en ville.

C'est le 23 février, cinq jours avant la chute de Madrid, que le convoi de miliciens auquel appartenait Salido arriva chez nous venant de Port-Vendres. Il comprenait 153 hommes, dont 63 furent hospitalisés dans la ville même, et les autres répartis à travers le département. Le lieutenant Salido était un homme parmi les autres, mais quand il eut disparu j'entendis M. le commissaire spécial avouer à M. Mauléon le secrétaire général qu'avec un peu plus de chance il aurait dû dès le premier moment « s'intéresser » à lui.

— Oui : avec un peu plus de chance, j'aurais dû m'apercevoir tout de suite que cet homme-là était un homme dangereux... Que voulez-vous, monsieur le secrétaire général, bien sûr! J'étais de service à la gare le jour où le contingent a débarqué. Mais allez donc vous souvenir plus particulièrement d'un homme parmi les 153 qu'ils étaient! Je me souviens d'autant mieux du chiffre qu'au moment où on les a renvoyés au camp du Vernet, ils n'étaient plus que 152. D'après tout ce que j'ai appris au cours de l'enquête, par les religieuses, par M. le directeur de l'hôpital, par les malades eux-mêmes avec qui on avait le grand tort de mêler ces indésirables, ils circulaient comme ils voulaient à travers les salles et les jardins — par tout ce que j'ai appris sur sa personne j'aurais dû, je l'avoue, le repérer dès son arrivée. Tous ces gars-là me sont passés un à un sous les yeux. Mais n'oubliez pas que nous étions en février, et que c'était le soir... Que voulez-vous!

Les fiches de M. le commissaire spécial donnaient le signalement de Salido : « Lieutenant de l'armée républicaine, ayant gagné ses galons à Teruel — un homme d'à peu près quarante-cinq ans, très brun de cheveux, très blanc de teint, pas grand mais trapu, blessé à la tête. »

Dans les premiers temps, Salido avait la tête entourée d'un mouchoir à carreaux comme qui souffre d'une rage de dents. Il était coiffé d'un bonnet vert. Quant aux signes particuliers : néant. Si, tout de même : son regard. Tout le monde était d'accord là-dessus.

Il avait une façon de regarder « gênante » d'après le témoignage de M. le directeur de l'hôpital, « mauvaise » d'après celui de certaines religieuses, « pas du tout commode » selon certains malades et, en plus, il ne parlait presque pas. L'opinion de M. le commissaire était que le lieutenant Salido devait être un homme très rusé, et qu'il devait lui-même savoir l'effet que produisait son regard, car d'après plusieurs autres témoins il le dissimulait.

— Quant au reste du signalement, monsieur le secrétaire général, vêtements, souliers et ainsi de suite, vous pensez bien, fit-il en se tournant vers moi, que certains que je ne veux pas nommer lui auront fourni tous les vêtements civils qu'il faut. Allez donc retrouver un homme dans de pareilles conditions !

— Tout cela est très bien, répliquait le secrétaire général, mais il n'est peut-être pas trop tard, monsieur Bourdon. Moi, je ne veux savoir qu'une chose : c'est que vous m'avez promis de lui mettre la main au collet.

— J'y compte bien, répliqua le commissaire spécial en partant, non sans m'avoir adressé un regard un peu froid, et signifiant clairement : qu'est-ce que vous faites encore là, vous ?

Ce que je faisais là était bien simple. Une fois de plus, j'étais venu trouver M. Mauléon pour lui parler de l'ingénieur Duran, de M. Solares, du professeur, et le presser d'obtenir les autorisations pour leur départ. Pourquoi ces autorisations n'arrivaient-elles pas? M. Mauléon n'en savait rien. Ce n'était pas sa faute. S'il n'avait tenu qu'à lui...

M. Mauléon était un homme aimable, très libéral. Il cherchait toujours les solutions les plus conciliantes. Toutes choses étant à ses yeux équivalentes et destinées à un profond oubli, il n'existait jamais aucune raison d'agir dans un sens défavorable si on pouvait faire autrement.

— Les opinions ne sont rien, me disait-il, devant la vie.

Entre-temps les troupes du Führer avaient défilé dans Prague, celles du Duce attaqué l'Albanie. L'Angleterre puis la France avaient reconnu Franco. On parlait aussi beaucoup de la Pologne et du couloir de Dantzig.

Partout en France les meetings se multipliaient, les partis rivaux s'apprêtaient à la guerre civile. Cependant personne ne voulait croire au pire. Et voilà qu'un nouveau contingent de réfugiés civils arriva...

... Plus personne que moi sur la passerelle, pas même le vagabond. Quant à l'homme errant?... Avec le jour qui grandissait les gens étaient au travail. C'est à peine si de temps à autre passait en se hâtant un retardataire. Sur le quai les chanteurs reprenaient au refrain leur vieille chanson qui parlait d'une barque sur l'océan et du retour espéré de la bien-aimée.

« Allons! Ne reste pas là! Rentre chez toi. »

En guise de réponse, j'allumai une nouvelle cigarette au mégot de celle que j'achevais.

Nouveau coup de sirène. Dans l'affreux mugissement s'engloutit le chant des jeunes Anglais. Ils se lèvent tous en pagaille et s'éparpillent. Sifflets. Où sont les abris? Regards en l'air. Sifflets. Descente en courant dans le passage souterrain. La sirène. Gare vide. Au bout de la passerelle apparaît le vagabond. Il regarde en l'air et s'accoude à la balustrade, ne bouge plus. Sirène. Puis le mugissement faillit. Fin d'alerte. Réapparition des soldats. Ils chantent. Mais plus le vieux chant d'Irlande. Ils chantent qu'ils vont aller mettre leur linge à sécher sur la ligne Siegfried...

« Rentre chez toi... Fais quelque chose. Retourne au Centre. On aura peut-être besoin de toi. »

Le vagabond était toujours là. « Je pourrais bien lui offrir une cigarette, me dis-je, et pourquoi pas l'emmener au Centre? La mère Gautier lui trouvera bien quelque chose à manger. » Comme je m'approchais il partit. Je le vis gagner lentement l'autre bout de la passerelle du côté de la gare des marchandises, tandis qu'arrivait de l'autre bout l'homme errant, qui à ma vue eut une sorte de petit haussement des épaules en écartant les bras.

Il passa sans me dire un mot. « Pas dans le coup... Tu n'es pas dans le coup. Y avais-je jamais été, tout franc-tireur que j'étais d'après M. le secrétaire général ? « Vous ne représentez plus rien », m'avait dit son successeur. Et l'autre freluquet, qui avait prétendu mettre la main au collet de Salido ? « Rien de bien méchant là-dedans... Vous pouvez rentrer chez vous ! » Le salaud !

Rentrer chez moi pour quoi faire ? Pour contempler mes paperasses en tas sur ma table ? Pour arracher de mon mur tout ce que j'y avais épinglé ? Retourner au Centre et retrouver là la mère Gautier, qui me répéterait que Salido était un beau salaud ?

Je n'avais pas prévu qu'il puisse être si difficile de ne pas se sentir dans le coup. J'avais pourtant tout fait pour y être. En sortant de la Préfecture après m'être entendu dire que je ne représentais plus rien, n'étais-je pas allé à la Place offrir mes services à l'armée ? Si j'étais dégagé de toutes obligations militaires, je pouvais au moins servir comme interprète auprès des troupes anglaises. J'avais vu là un officier. Réponse de l'officier : « Ce n'est pas une question d'effectifs. » Alors ? Je pouvais bien, entre deux trains, rester sur cette passerelle, ne sachant plus quoi faire de moi — à me demander pourquoi la mère Gautier accusait Salido de n'être qu'un beau salaud ?...

... Quand je l'avais vu pour la première fois dans

la chambrée, le lieutenant Salido m'était apparu comme un homme plutôt petit, mais d'une force extraordinaire. Ramassé sur lui-même, silencieux, toujours aux aguets, c'était un chat sauvage. On ne l'entendait pas marcher. Cela ne tenait pas au fait qu'il fût chaussé d'espadrilles, même avec des bottes il n'eût guère fait plus de bruit. Il arrivait furtivement et s'arrêtait comme prêt à bondir. Mais ce bond, il le retenait, comme il retenait les mots qui lui venaient aux lèvres. Toute la violence dont il était plein passait dans son regard de bête folle de rage derrière les barreaux mais ce regard était aussi celui d'un homme intelligent, conscient des limites qu'on lui impose et qui calcule. Il n'avait pas renoncé à se frayer une voie vers la liberté. Jamais je n'avais vu personne ronger son frein avec tant de maîtrise. Son regard paraissait d'autant plus noir et ardent qu'il avait le teint blanc, du moins pour ce qu'on voyait de son visage, car dans les premiers jours il portait autour de sa grosse tête un mouchoir à carreaux blancs et bleus, noué sous un bonnet vert. Ce mouchoir lui soutenait le menton, recouvrait en partie les joues. Seules apparaissaient ses fortes pommettes et un peu de son front.

Ou bien il avait été blessé à la tête, ou bien il souffrait d'une rage de dents, Salido ne s'était pas expliqué là-dessus. Tout juste s'il avait eu un petit geste comme pour chasser une mouche, quand je lui avais demandé de quoi il avait besoin.

Bientôt le mouchoir allait disparaître découvrant un visage rond et plein. Salido portait une courte moustache très noire comme ses cheveux. Quand il entrouvrait les lèvres, on voyait briller de fortes dents blanches, de vraies dents d'animal. Et toujours cette même manière silencieuse de s'approcher, d'entrouvrir la bouche mais de ne rien dire. Ses mains de paysan se crispaient sur son ventre, ses lèvres tremblaient, il vous regardait en se taisant, puis tournant les talons il se remettait à marcher autour de la table qui occupait le milieu de la chambrée, une longue mansarde au plafond bas, étroite, n'ayant de fenêtres que d'un seul côté, dans le quartier des vieillards, à l'hôpital.

La première fois que j'étais entré là c'était sur la fin d'un après-midi, au début d'avril. A cause du plafond bas et de l'étroitesse des fenêtres la lumière dans cette chambrée était crépusculaire. De part et d'autre de la table, des bancs, le long des murs des lits dans lesquels étaient couchés des blessés, tandis que d'autres rôdaient à travers la mansarde, un pansement autour de la tête, ou le bras en écharpe, ou s'appuyant sur un bâton.

Devant la table, assis sur un banc, un homme vêtu d'une tunique verte écrivait : le capitaine Muela. La chambrée comptait une vingtaine d'hommes. L'ensemble ressemblait à une image des guerres napoléoniennes.

Tous s'étaient figés à mon entrée et me regardaient en silence. En apprenant que j'étais le « responsable » du Secours rouge la tension cessa. L'homme assis devant la table se leva et s'avança vers moi : le capitaine Muela, un homme grand, bien bâti, plutôt mince, âgé d'une quarantaine d'années. Il avait le regard fiévreux, le visage blanc sous la barbe noire pas rasée depuis plusieurs jours. Sur les manches de sa tunique verte la trace des galons arrachés.

Tandis que j'écoutais le capitaine me dire que leur dernière bataille avait été la bataille de l'Èbre, un autre homme était arrivé sans bruit, un homme chaussé d'espadrilles, vêtu de jaune, coiffé d'un bonnet vert, et les joues entourées d'un grand mouchoir à carreaux. Sur les manches de sa veste les traces des galons arrachés, comme sur les manches du capitaine. Sans dire un mot, cet homme écoutait, le regard tendu.

— De quoi ont besoin vos hommes ?

— Faites la tournée, me répondit le capitaine. Je vous laisse avec le lieutenant Salido.

Le capitaine retourna s'asseoir et se remit à écrire.

J'entrepris ma tournée. Le lieutenant Salido, toujours muet, me suivait pas à pas. La plupart des hommes voulaient de la pommade pour se débarrasser des poux, certains des vêtements, des lunettes, des lames de rasoir, du savon à barbe, du tabac. L'un d'eux me demanda d'expédier un télégramme à des cousins, en Amérique du Sud. Un autre réclamait des béquilles.

— Et vous, lieutenant ! demandai-je à Salido.

Il fit le geste de chasser une mouche.

Avant de partir, je posai la même question au capitaine. Il me montra ses bottes et me répondit :

— Une paire de lacets.

... C'est dans les jours qui suivirent cette première rencontre avec Salido qu'arrivèrent l'ingénieur Duran et M. Solares. Sans parler d'un certain convoi de sept cents femmes, enfants et vieillards dont une partie remplit le camp de Gouédic, et dont il fallut distribuer le surplus dans la région. Comme ce passé si récent me paraissait aujourd'hui lointain !

M. Mauléon avait raison quand il disait que tout est voué au plus profond oubli, mais, de son côté, Pablo n'avait-il pas raison aussi, quand il disait qu'il faut obéir au devoir présent ? L'un de ces devoirs parmi bien d'autres n'était-il pas de faire en sorte que José Luis et sa sœur Carmen pussent sortir du camp et rejoindre l'ingénieur Duran leur père ? Que les autorisations pour aller au Havre s'embarquer pour le Mexique arrivassent enfin, et à temps pour eux, pour M. Solares et son petit Manuel, pour le professeur et sa famille ?

La tension politique s'aggravait de jour en jour. On pouvait craindre qu'aucun navire ne partirait plus bientôt. C'est de quoi nous parlâmes tout de suite avec l'ingénieur qui, tout conscient qu'il fût des difficultés qui l'entouraient, ne s'en montrait pas moins de très bonne humeur. C'était là sans doute un effet de son courage et de sa nature.

L'ingénieur était une sorte de bon gros de quarante et quelques années, au visage large et un peu gras, tout rasé, portant de grosses lunettes d'écaille, un homme d'assez petite taille. Ce dont il paraissait souffrir le plus, c'était de sa pauvreté qui le contraignait à vivre aux dépens du syndicat des cheminots qui l'avait pris en charge. Nous devînmes amis. Après quelque temps il me fit ses confidences en me racontant l'histoire de son mariage. « Mais c'est fini désormais après vingt ans, quand même ! Jamais plus je ne reverrai cette femme. Et dire qu'il a fallu la guerre et la défaite pour en arriver là ! C'est quand il ne se passe rien qu'il faut savoir se choisir. » N'importe : une nouvelle vie, désormais, un nouvel espoir, une nouvelle femme peut-être...

Malgré les interdictions l'ingénieur partit pour Paris. Il vendrait ses bijoux, il passerait à la Délégation espagnole. Cela lui demanderait deux ou trois jours. J'espérais pour lui, mais je n'attendais pas grand-chose, et je l'oubliai un peu. Il y avait tant à faire, il est vrai, pour les réfugiés du camp de Gouédic : des distributions de vêtements, de savon, de tabac, des collectes à organiser en ville, sans parler des cas individuels. Il se produisait toujours quelque circonstance qui exigeait une intervention rapide. Tantôt c'étaient des réfugiés qui avaient déplu au maire d'une commune, lequel faisait de son mieux pour les renvoyer en Espagne, tantôt un incident à l'intérieur même du camp, un vol, une bagarre. Et qui donc avait toujours la liberté de pouvoir intervenir à temps, sinon moi ? Pierre et les autres camarades ouvriers membres du Secours rouge ne pouvaient quitter ni l'usine, ni le bureau, ni le chantier.

J'allais presque tous les jours voir les miliciens à l'hôpital. Le jeudi je passais à la pharmacie prendre les cigarettes que la vieille religieuse avait mises de côté pour moi. Le capitaine Muela assis devant sa table écrivait toujours. Un jeudi je trouvai le capitaine à peu près seul dans la chambrée. Le lieutenant Salido et les autres étaient au jardin. Nous étions au printemps. C'est ce jour-là que le capitaine m'apprit qu'il rédigeait un « Mémoire » sur son activité avant et pendant la guerre. Quand il en aurait fini il me demanderait de le porter au colonel du régiment en garnison dans notre ville.

Je descendis au jardin. Les miliciens s'y promenaient ou, assis en rond au soleil, bavardaient. Ils m'entourèrent, me demandèrent des nouvelles de l'Espagne, de la situation générale. La guerre allait-elle éclater ? Et qu'allait-on faire d'eux ? Était-il vrai qu'on allait les envoyer dans un camp ?

Je n'avais pas de bonnes nouvelles à leur apprendre. Quant à ce qu'on allait faire d'eux, comment leur cacher qu'en effet on allait les renvoyer dans un camp ? Ils écoutaient et se taisaient, tiraient une cigarette du paquet que je venais de leur donner et l'allumaient.

A travers les branches des arbres bordant les allées du jardin j'aperçus le bonnet vert du lieutenant Salido. Comme toujours il se promenait seul, à petits pas, les mains derrière le dos et la tête penchée, mais il observait tout, et j'étais sûr qu'il avait été le premier à m'apercevoir. Mais le lieutenant Salido n'était pas homme à accourir pour un paquet de cigarettes.

La distribution terminée, comme les miliciens commençaient à se disperser, le lieutenant Salido me fit signe :

— Viens ici !

Il m'attira dans une allée solitaire. Nous fîmes quelques pas d'abord sans rien dire, puis il s'arrêta :

— Écoute-moi bien... A voir si tu vas me comprendre ?...

Il parlait d'une voix très basse en détachant chaque syllabe. Il se remit à marcher à petits pas, toujours sans le moindre bruit, la tête penchée, mais de temps en temps il la relevait pour me regarder droit dans les yeux — de ce regard froid, luisant. C'était toujours le même petit homme trapu, le même chat sauvage qui se retenait de bondir, un homme « chargé » comme une bombe. Et la même veste jaune portant la trace des galons arrachés.

— Parle ! lui répondis-je. Parle ! Je comprends.

Ce qu'il avait à me dire était bien simple : il ne se laisserait pas emmener dans un camp.

— *Claro ?*

— Ça signifie que tu veux t'évader ?

— Tranquillement.

Faire sortir Salido de l'hôpital, rien ne serait plus facile, mais ensuite ?

— Ensuite? Je veux aller à Moscou.

Je lui répondis que cela regardait les camarades du Parti. Je verrais Pierre dès ce soir.

— Fais vite!

Et, se posant un doigt sur les lèvres : « *En bocca cerrado no entran moscas* », murmura-t-il, ce qui voulait dire que les mouches n'entrent pas dans une bouche fermée.

Là-dessus, il me tourna les talons.

... En rentrant en ville, traversant une rue déserte, quelle inspiration me prit de tirer cette sonnette? C'était là une chose que je n'avais jamais faite de ma vie. Mes yeux venaient de tomber sur une plaque de cuivre scellée dans un mur près d'une porte, une belle plaque ovale, bombée, cossue : Thomas, marchand de grains. A côté une sonnette. Pourquoi ne pas tirer cette sonnette? La caisse de l'organisation était bien pauvre!

Je tirai la sonnette. On m'ouvrit. On m'introduisit dans un lieu sombre aux murs couverts de registres. Assis derrière un bureau, un gros homme au nez en trompette, à moitié chauve et portant lunettes me demanda d'un air assez rogue ce qui lui valait l'honneur... Je lui répondis que je venais lui demander de l'argent pour les réfugiés espagnols. Du coup, les lunettes de ce monsieur — M. Thomas — sautèrent pour ainsi dire toutes seules jusqu'en haut de son front. Il fixa sur moi un regard sérieux. Il avait de tout petits yeux. Il respirait difficilement.

— De l'argent? fit-il d'un ton bref. — Ses lunettes retombèrent sur son nez. — Pour les réfugiés espagnols?

Il pivota sur son siège, allongea le bras, ouvrit un coffre, y prit une liasse de billets qu'il me tendit.

— Voilà.

Quoi! Prendre cette liasse et m'en aller? Comme ça?

— Je vais vous faire un reçu.

— Pourquoi? C'est pas la peine. Revenez si nécessaire...

Tout juste s'il ne baissa pas la tête sur ses écritures comme un homme qu'on a déjà trop dérangé.

... Ce soir-là, j'ai trouvé Pierre assis au coin de son feu. Sa femme lui préparait un vin chaud. Il pensait avoir pris la grippe.

— On a beau être habitué à travailler dans les courants d'air...

— Il ne veut jamais se soigner! dit sa femme.

— Si on s'écoutait!... Qu'est-ce qui t'amène?

— Voilà : Salido. Tu vois qui je veux dire?

— Bien sûr.

— On va renvoyer les miliciens dans un camp, comme tu sais. Salido ne veut pas y aller. Il veut qu'on le tire de l'hôpital, ensuite aller à Moscou.

La femme de Pierre a posé le vin chaud devant lui. Il n'y a pas touché. Elle lui a fait remarquer que le vin allait refroidir. Il en a bu une gorgée.

— Bon. Faut voir. Le tirer de l'hôpital, c'est pas dur. Mais où le planquer ? Troisièmement, question Moscou, ça regarde les copains « là-haut ».

Il allait écrire à Paris tout de suite. Et il irait voir Salido dans la journée du lendemain.

— Bon. Puisque tu le verras demain tu lui donneras ça...

Et j'ai tendu à Pierre le paquet de cigarettes que j'avais oublié de donner à Salido.

A quoi se passèrent ces premiers jours de ce merveilleux printemps ? Nous étions tous suspendus aux informations de la radio, aux rumeurs, nous vivions tous à la fois dans l'angoisse et dans l'espoir.

Un jour, vers ce temps-là arrivèrent chez moi deux jeunes Espagnols qui parcouraient le pays, allant d'un camp à un autre, l'un à la recherche de sa mère, l'autre de sa femme et de ses enfants. Ils n'avaient jusqu'à présent réussi à rien. Que faire sinon les conduire à M. le commissaire spécial qui fort complaisamment, il faut le dire, leur laissa consulter ses listes ?

Dans la rue on rencontrait des gens qui portaient au revers de leur veste ou à leur corsage de petits insignes dorés avec ces mots « Il faut en finir ».

Quand l'ingénieur Duran revint de Paris, s'il

était heureux d'avoir bien vendu ses bijoux, en revanche, la visite qu'il avait faite à la Délégation espagnole n'avait donné aucun résultat. Il n'avait trouvé là que désordre, et même confusion, incapacité en tout cas. De notre côté nous n'avions pas grand-chose d'encourageant à lui apprendre, les autorisations pour aller s'embarquer au Havre n'étant toujours pas arrivées. Plus que jamais le temps pressait pour tout le monde, pour l'ingénieur, pour M. Solares et pour le professeur. Et pour Salido. Nous entrions dans la dernière semaine de mars. Le départ des miliciens pour le camp du Vernet était fixé pour le 7 avril. Deux ou trois jours plus tard partiraient les derniers réfugiés civils du camp du Gouédic et ceux de la région. José Luis et sa sœur Carmen étaient toujours au camp. On ne pourrait les en faire sortir qu'une fois obtenues les autorisations de se rendre au Havre. Pierre n'avait encore pas trouvé la « planque » où camoufler Salido, pas encore reçu de « là-haut » la réponse qu'il avait attendue par retour du courrier. Salido se rongeait les sangs. Mais Salido était un homme de discipline. Il savait être patient.

Une fois de plus, un matin, j'allai trouver M. Mauléon. Mais comme j'arrivais à son cabinet, M. le secrétaire général en sortait en enfilant son pardessus.

— Je ne puis malheureusement pas vous recevoir ce matin. Je suis déjà en retard. Je me rends à l'enterrement du père d'un de nos employés...

— ... Mais les autorisations, monsieur le secrétaire général?

— Toujours rien... Allez donc voir M. Bigot, le
chef de division qui s'occupe de cette affaire.

— De votre part?

— Mais bien sûr!

Et il s'en alla.

M. Bigot enfilait lui aussi son pardessus pour
aller au même enterrement.

— Alors, lui dis-je, le chef de bureau?

— Ah? Si vous voulez.

Il ouvrit la porte d'un bureau voisin et, s'adressant à une jeune femme, il la pria d'appeler le
ministère de l'Intérieur.

— Tâchez donc, lui dit-il, de savoir où en est
cette affaire des autorisations pour ces réfugiés
espagnols qui doivent aller s'embarquer au
Havre...

Elle prit aussitôt le téléphone et M. le chef de
division disparut. Dès qu'elle eut obtenu le ministère de l'Intérieur, je lui dis qu'étant bien au
courant de la question, il n'y aurait pas d'inconvé-
nient à me laisser expliquer moi-même ce dont il
s'agissait. Ce n'était pas là une audace de ma part.
La chose me paraissait toute simple. Elle y consen-
tit. Le téléphone passa de sa main dans la mienne.
Qui était à l'autre bout du fil? Quelqu'un de très
attentif qui nota bien scrupuleusement les noms
que je lui épelais. La conversation fut brève et le
dernier mot :

— Bon. C'est entendu... Je rappelle dans la
journée...

Il n'était pas dix heures du matin. Le fonctionnaire de l'Intérieur rappela dans l'après-midi, M. le secrétaire général eut l'amabilité de m'en informer. Les autorisations arrivèrent deux jours plus tard. L'ingénieur, et José Luis, M. Solares et son petit Manuel, le professeur et sa famille, dès le lendemain, prirent le train pour s'en aller au Havre.

— A quoi tiennent les choses! me dit Pierre quand je lui racontai tout cela.

De son côté, il y avait aussi du nouveau.

— On n'a toujours pas de réponse de « là-haut » mais c'est arrangé pour la planque. On va mettre Salido chez Tircot. Tu connais pas mais tu verras. Tircot est un jeune. Y a pas longtemps qu'il est au Parti et je ne pense pas qu'il soit repéré. Et puis ce n'est qu'une affaire de quelques jours...

Salido n'aurait qu'à se trouver au jardin à la tombée de la nuit. Il se glisserait alors jusqu'à une porte de service dans le mur du fond qui donnait sur un boulevard désert. A travers cette porte, du matin au soir, passaient des infirmières, des livreurs, des ouvriers chargés de l'entretien. Pierre en avait pris la clé qu'il avait donnée à Salido. Une fois dehors, Salido apercevrait un grand jeune homme qui aurait l'air de se promener. Aussitôt que le jeune homme verrait Salido, il se mettrait en route. Salido le suivrait à dix pas.

Le plan s'exécuta ponctuellement. Dans la soirée du 5 avril, deux jours avant le départ du contingent pour le Vernet, eut lieu l'évasion de

Salido, si l'on peut employer un si grand mot. L'hôpital n'était ni une prison ni une caserne.

Le jeune camarade Tircot l'avait conduit chez lui. Comme je n'allais pas tarder à le voir, Tircot et sa femme Marcelle n'avaient qu'une seule pièce pour tout logement, au coin de la rue de Brest et de la rue d'Orléans, dans une vieille maison près d'un grand lavoir. Le premier pas était fait, mais Pierre n'avait toujours pas la réponse qu'il attendait de « là-haut ». Après le départ des miliciens était venu celui des réfugiés civils. Pendant ce temps-là, l'ingénieur Duran et les autres voguaient vers l'Amérique. Il devait faire bien bon sur le pont du paquebot !

Maintenant que Pablo avait revêtu la blouse grise du commis, il chargeait et déchargeait les cageots de fruits et de légumes, poussait la baladeuse, pesait la marchandise, remplissait les paniers des dames, recevait et rendait la monnaie. Le soir, quand il rentrait à la maison, nous bavardions. Il parlait peu de la guerre qu'il avait faite, Pablo acceptait la situation. Mais il s'indignait que la France eût rendu à Franco les canons qu'ils avaient eu tant de peine à ramener à travers la montagne. Et qu'allait-on faire de l'armée de la République, de tous ces hommes concentrés à Argelès et ailleurs qu'on traitait pire que des prisonniers, et qui, sans doute, n'eussent pas demandé mieux que de reprendre les armes pour la guerre à Hitler qui n'allait pas manquer d'éclater peut-être demain?

A quoi Salido passait-il son temps chez Tircot? A ronger son frein. Il marchait, tournant autour de la table, évitait de se montrer à la fenêtre. A midi, il faisait réchauffer la soupe que Marcelle lui avait préparée avant de partir au travail. La soupe avalée, il se remettait à marcher en attendant le soir et le retour des Tircot. De toute la journée, Salido n'avait pour distraction que les voix des lavandières, le claquement de leurs battoirs, les cris des gosses, le tintement des cloches d'une église. Et il n'était pas homme à dormir quand le jour brille. Le soir, les Tircot dédoublaient leur lit. Salido couchait par terre sur le matelas.

Ni Pierre ni moi n'avions rien dit de l'affaire aux camarades de l'organisation. Il serait toujours temps plus tard. C'est avec surprise que nous découvrîmes que l'« évasion » de Salido était connue et qu'on en bavardait en ville...

Les camarades voulurent savoir pourquoi on leur avait caché cela? Dans une réunion à la Maison du Peuple cela donna lieu à une vive discussion. Qu'est-ce que c'était que cette histoire à propos d'un milicien évadé? On en parlait partout. Eux seuls n'étaient au courant de rien. A quoi il me fallut bien répondre que cela viendrait en son temps. Le camarade Levesque se récria :

« Alors quoi? On est des bâtards? »

Le grand Levesque : un grand mou, qui se dandinait en marchant, un employé de bureau, un type qu'on voyait toujours arriver d'un pas un peu fléchissant, dans ses habits fripés, le chapeau sur le coin de l'oreille et le mégot aux lèvres, la moustache toujours un peu humide. « Il ne me plaît qu'à moitié ce copain-là, m'avait dit Pierre. Il a toujours l'air d'aller aux chiottes ou d'en revenir. » Aujourd'hui 11 septembre 1939, nous savions tous que ce Levesque était un mouchard. Et ce salaud-là avait eu l'audace de taper du poing sur la table, en disant que les camarades avaient le droit de tout savoir ? Pour qui les prenait-on ? Il ne fallait pas vouloir tout régler tout seul, jouer au chef. Ça, c'était bon chez les fascistes...

... Le lendemain même de l'évasion de Salido, M. le secrétaire général m'avait fait appeler.

— Voyons ! Mon cher maître ! Comment un homme comme vous a-t-il pu se laisser aller à encourager une pareille action ?

Il était encore temps de faire quelque chose, d'user de mon influence pour ramener au bercail cette brebis égarée.

Salido, une brebis !

— Voyons ! Si quelqu'un sait où il est, c'est vous. Je ne vous demande pas de me dire où, mais enfin ! Ce que vous avez fait là est d'autant plus regrettable que ce malheureux ne va pas tarder à se faire repincer. Croyez-vous qu'il puisse aller bien loin? C'est insensé! Vous l'avez mis dans un très mauvais cas. En plus, on me dit que ce n'est pas du tout un homme sympathique?

— C'est vrai.

— Et même dangereux, M. le commissaire spécial le prétend...

— Ça...

— Alors? Pourquoi! Allons! Parlez-moi franchement! Vous ne dites rien? Avouez que vous ne me rendez pas les choses faciles.

M. le commissaire spécial m'avait aussi convoqué. Je lui fis les mêmes réponses qu'à M. le secrétaire général. Il s'emporta, en me promettant qu'il mettrait lui-même la main au collet de cet insoumis.

— Et ça ne va pas traîner. Vous feriez mieux de le ramener vous-même. Vous ne lui avez pas rendu un bon service!

Ensuite, c'était M. le maire qui avait voulu me voir. Là, les choses s'étaient passées autrement. M. le maire avait été autrefois un bon socialiste. Il avait appartenu avant la guerre à la S.F.I.O. et je l'avais vu souvent à la maison, étant enfant, quand les membres de la section se réunissaient chez mon père. Depuis il avait, comme on dit, « évolué ».

— Voyons, Louis, ce n'est pas raisonnable! Il faut faire comprendre à tes camarades...

Il ne se fâcha pas tout de suite. Il essaya d'abord de me convaincre. Ce n'était pas rendre un bon service à ce malheureux Espagnol que de l'aider à se mettre dans une situation irrégulière.

— Qu'allez-vous faire de lui à présent ? Tu ne veux pas me répondre ? Mais enfin, tu es responsable.

— Oui.

— Eh bien alors ! — Et c'est là qu'il commença à s'emporter. — La responsabilité... on ne plaisante pas avec ça ! En agissant comme tu le fais — il élevait la voix ; son visage se colorait — tu désobéis, tu pousses les autres à la désobéissance. Tout le monde doit obéir à la loi ! Il n'y a de privilèges pour personne...

Pierre n'avait toujours pas la réponse de « là-haut ».

— Ils ont leurs raisons, tu penses bien ! Ils sont débordés. Les camarades ne sont pas fous, quand même !

Un peu plus tard, il revint me trouver. Il venait de voir Tircot. Tircot nous priait, Pierre et moi, de passer chez lui le soir même, après dîner, sans faute.

— Attends qu'il fasse bien nuit. Tu connais la maison ? C'est en face du lavoir. Salido veut nous voir tous les deux. Tircot habite au rez-de-chaussée. Il n'y a qu'une fenêtre. Elle sera éclairée. Tu ne peux pas te tromper.

En approchant de la maison, je ferais bien de m'assurer que je n'étais pas suivi.

— Sait-on jamais ? M. le commissaire spécial a ses amateurs. Sans parler, bien entendu, des fascistes. Ce ne serait même pas du luxe que de jeter un coup d'œil à l'intérieur du lavoir.

Tout près de la maison je verrais un tas de sable déposé là par la défense passive. Je jetterais une poignée de sable contre les vitres de la fenêtre. Pierre viendrait m'ouvrir tout de suite.

— Tu crois qu'il faut tant de précautions?

— J'en sais rien, mais il vaut mieux trop que pas assez.

Pierre avait ce jour-là la voix plus enrouée que jamais. Un chapeau sur la tête, le cou entouré d'un cache-nez de grosse laine rouge. Il portait sa vieille canadienne.

— Ça ne va pas mieux?

— Ça ira!

A la nuit tombée, arrivant devant la maison de Tircot, après un coup d'œil à l'intérieur du lavoir j'ai trouvé le tas de sable. J'en ai jeté une poignée contre la vitre éclairée. Aussitôt Pierre est arrivé. Nous sommes entrés ensemble dans un couloir obscur, en nous heurtant à des vélos. Une porte s'est ouverte doucement : Tircot. Un grand jeune type maigre en bleu de mécanicien, la casquette un peu sur le coin de l'œil et la cigarette aux lèvres. Nous sommes entrés dans une pièce basse, éclairée par une lampe à pétrole en cuivre posée au milieu d'une table ronde. Devant des verres vides étaient assis Salido et une petite femme blonde aux yeux bleus, qui souriait : Marcelle. Sous l'abat-jour vert, la lumière de la lampe n'éclairait guère que la table, laissant dans l'ombre les quatre coins de la pièce. On devinait un lit contre le mur du fond, quelques étagères, de vagues objets posés par terre, des habits suspendus. A la manière dont Tircot me dit : « Assieds-toi, camarade », en me désignant un tabouret, je vis tout de suite à qui j'avais affaire. Salido et Marcelle étaient assis sur des caisses vides. Je voulus offrir le tabouret à Marcelle, mais celle-ci m'ayant répondu avec bonne humeur qu'on n'était pas au chiqué, je n'ai pas insisté et j'ai pris place auprès de Pierre.

Tout m'est resté en mémoire comme un tableau d'autrefois, d'autant mieux qu'il y eut, pour commencer, un très long silence. Les visages, les couleurs dans la lumière dorée de la lampe avaient en effet une vivacité et des reflets comme dans les tableaux anciens. La veste jaune pâle de Salido prenait des teintes de vieille paille, son bonnet vert semblait de velours. Il paraissait lui-même plus pâle que jamais, ses yeux plus noirs, son regard plus ardent, ses dents plus blanches. Il se tenait un peu penché, les bras croisés sur la table, les mains réunies. Sur les manches de sa veste la trace des galons arrachés comme des cicatrices presque effacées déjà. Il était d'une immobilité de pierre. Seuls bougeaient ses yeux et ses doigts crispés dont je voyais blanchir les jointures. L'impression qu'il donnait était celle d'un poids énorme, et d'une agilité animale, rendue plus sensible par la présence de sa voisine, Marcelle, presque frêle, une poupée blonde, fragile, jolie. Autour de son front rose, ses cheveux légers prenaient des transparences de brouillard.

Pour recevoir les camarades de son grand Tir-cot, elle avait revêtu un chemisier blanc qui déga-geait son cou de jeune fille et convenait merveil-leusement à la fraîcheur de son teint, à tout ce qu'il y avait encore de naïf dans le sourire de sa petite bouche, dans la candeur de ses grands yeux bleus. On voyait tout de suite qu'elle était si complète-ment d'accord avec tout ce que pouvait dire ou faire son Tircot, dont, malgré elle, en jeune amou-reuse, elle cherchait la main.

Pierre assis comme moi en face de Salido, dans sa canadienne beige à double rangée de boutons et son gros cache-nez rouge, gardait son chapeau, un feutre gris, comme Salido son bonnet vert, et Tircot sa casquette. Tircot, assis entre Marcelle et moi, était un grand gars dans les vingt-cinq ans, pâle, maigre, son long visage osseux paraissait dur sous la casquette. Il avait une tête de jeune cheval, des joues plates, de grosses pommettes, des yeux gris et une grande bouche — mais sa voix était douce. A la manière dont il regardait Marcelle en l'appelant « ma petite poupée » on le devinait tendre et prévenant. Il gardait au coin des lèvres le mégot d'une cigarette qu'il avait roulée lui-même, tout mâché, d'où les brins de tabac, la cendre, des parcelles de papier noirci s'échappaient comme les débris d'un vieux balai. A tout moment, il tirait de sa poche un immense briquet cylindrique crénelé comme une tour du Moyen Age. D'un coup de pouce il faisait tourner la molette qui crissait sur la pierre, une longue flamme mince comme celle d'une lampe à souder jaillissait. Il approchait la flamme de son visage en renversant la tête comme qui boit à la régalade. Un peu de fumée accompagnait la flamme, une forte odeur d'essence se répandait, quelques étincelles brillaient un instant parmi ce qui restait du mégot dont il tirait une ou deux bouffées en faisant claquer ses lèvres. On le voyait ayant remis distraitement le capuchon du briquet le fourrer dans sa poche, en attendant de recommencer tout à l'heure.

Ce fut Tircot qui parla le premier. Ce que Salido avait à dire était bien simple, et il voulut l'expliquer lui-même, puisque Salido ne le pouvait pas. Voilà : Salido avait résolu de s'occuper lui-même de ses affaires. Il voulait aller à Paris, prendre le train au plus tôt, demain si c'était possible, voir lui-même les camarades responsables de « là-haut ».

Les mains de Salido se crispaient plus nerveusement. Ses regards allaient des uns aux autres. Il ne parut pas se rendre compte que, profitant du silence qui suivit, Marcelle remplissait les verres.

Que Salido voulût aller à Paris cela peut-être pouvait s'envisager mais la chose n'était pas bien facile. Salido était un homme de caractère soit — il n'en restait pas moins un paysan catalan pour la première fois de sa vie à l'étranger. En plus il fallait songer aux interdictions. L'ingénieur avait eu de la chance.

Le regard de Salido semblait exiger une décision immédiate. C'était le regard, presque la menace d'un homme poussé à l'extrême. Personne ne parlait, personne ne touchait à son verre. Ce fut Pierre qui mit fin à la tension en se levant et en disant :

— Bon. Mais alors il faut quelqu'un pour l'accompagner. Il n'y a pas trente-six choses à faire. Attendez-moi. Je reviens tout de suite.

Et, se tournant vers Salido avant de sortir :

— Paris... Oui, fit-il, en secouant la tête par deux fois, en signe d'affirmation.

On vit Salido respirer à fond.

Pierre nous laissa tous dans une espèce de détente. Nous savions que si Pierre avait une idée, elle ne devait pas être mauvaise.

Pierre ne resta parti que quelques minutes, à peine le temps pour Tircot de rouler une cigarette. Il venait tout juste de l'allumer quand Pierre revint avec la mère Gautier. En la voyant Marcelle se mit à rire.

— Ça, fit-elle, c'est une bonne idée !

J'en pensais autant de mon côté. Cette vieille futée de mère Gautier ! Pas mieux que la mère Gautier pour accompagner Salido. Elle était d'accord bien sûr, Pierre l'avait déjà mise au courant. Tout en noir, son petit chapeau de paille noire d'où pendait son voile de crêpe mal posé sur ses cheveux gris, son grand cabas noir au bras, elle riait sans bruit, déjà dans son rôle, et pas du tout déconcertée par le regard de Salido qui, comprenant que c'était elle la « convoyeuse », l'examinait en silence. Marcelle la fit asseoir et lui versa un verre de vin.

Il semblait que la mère Gautier prît les choses comme une partie de plaisir. Il y avait si longtemps, dit-elle, qu'elle n'était pas retournée à Paris! Ça lui rappellerait sa jeunesse. Dix ans qu'elle y avait passés autrefois. Ça s'oublie pas, ces choses-là. A Paris, elle serait allée n'importe où les yeux fermés. Paris! Ah! là, là! Son visage, ses petits yeux pâles et malicieux, tout riait en elle au souvenir de son beau temps à Paris. La perspective d'y aller ne fût-ce que pour un jour ou deux la rajeunissait. Il y avait même dans son allure comme dans ses propos quelque chose comme de la coquetterie.

— Alors, vous allez tout bien m'expliquer, dit-elle, parce que, d'après ce que je vois, le camarade n'est pas bien causant. Il ne sait pas un mot de français, hein?

Non. Pas un mot. Ça n'allait pas faciliter les choses.

— Si on part demain, dans trois jours au plus tard je reviens vous rendre compte.

Le seul souci qu'elle aurait en partant serait au sujet de Pépète? Elle n'aimait guère la laisser seule. Mais à quatorze ans, et bientôt quinze, Pépète savait se débrouiller. Et puis, Marcelle s'occuperait d'elle.

— Pas vrai, Marcelle?

— Mais bien sûr que oui!

Pierre expliqua tout à la mère Gautier, les adresses, les numéros de téléphone, les noms des camarades qu'elle devait voir et entre les mains desquels elle devrait laisser Salido.

— C'est pas compliqué. On va vous écrire ça sur un bout de papier.

Elle assura que tout irait comme sur des roulettes.

Seulement, on ne pouvait pas l'emmener comme ça. Il fallait lui trouver des habits.

— On verra ça demain dans les réserves à la Maison du Peuple, dit Pierre. On a encore le temps. Vous ne pouvez pas partir avant demain soir. Mieux vaut voyager de nuit.

— D'accord, camarade. Mais quand même. Pourquoi pas y aller tout de suite, à la Maison du Peuple ? C'est à deux pas. Il n'est pas tard...

— Bon. Après tout, répondit Pierre, vous avez peut-être raison. Allez-y !

— Sans prendre ses mesures ? dit Marcelle.

— Pas la peine... Je vais ramener un choix. S'il y a des retouches à faire, on est quand même là deux femmes, répliqua la mère Gautier en partant, sans oublier son grand cabas.

La mère Gautier partie, Marcelle, en femme avisée, voulut quand même prendre les mesures de Salido. Elle alla chercher dans le fond d'un tiroir un mètre-ruban pendant que Tircot faisait des signes à Salido pour qu'il se levât. Salido, voyant Marcelle s'approcher avec le ruban qu'elle donna à Tircot, comprenant ce qu'on lui voulait, se leva. Il se laissa faire. Tircot prit la mesure de son bras, son tour de poitrine, son tour de cou, la hauteur de ses jambes, la pointure de ses espadrilles. Au fur et à mesure il annonçait les chiffres

66

à Marcelle qui les notait sur une feuille de carnet. Une ombre de sourire passa sur le visage de Salido. On l'entendit respirer très fort. Il se laissa faire jusqu'au bout, comme un mannequin docile — un peu, aussi, comme un Christ aux outrages.

Pendant ce temps-là, Pierre me parlait de la guerre plus que jamais certaine, des horreurs de la répression franquiste en Espagne, du sauvetage des derniers combattants républicains à Valence...

La mère Gautier revint toute joyeuse, portant un gros ballot qu'elle jeta par terre, toute fière de n'avoir rencontré personne.

— Pas un chat! On aurait pu y aller tous bras dessus bras dessous en fanfare! Mais vous allez voir! J'ai tout ce qu'il faut! Même une cravate!

La cravate fut le premier objet qu'elle sortit. Elle la brandit autour de la lampe, la balança devant les yeux de Salido qui ne broncha pas, une pauvre cravate vert pomme bien défraîchie mais une cravate quand même.

Elle sortit des habits : chemises, chaussettes, deux paires de souliers, un chapeau. Trois complets au choix, dont l'un, marron, presque neuf. Qu'il les essaie! Les femmes n'avaient qu'à se retourner.

— Vas-y, mon gars! essaie d'abord le falzar!

Attrapant le pantalon qu'elle lui jetait, Salido fit deux pas dans l'ombre et commença à se dévêtir. Bien sûr, dit la mère Gautier, ce n'étaient pas les conditions rêvées pour un essayage... quand même... et puis tant pis...

Elle avait l'air si contente que cela donnait bon espoir pour la suite. Par une sorte de grognement, Salido fit comprendre qu'il était prêt. On le fit grimper sur une caisse. Marcelle prit la lampe et la tint levée. L'avis général fut que le falzar était un peu long. Il faudrait faire un ourlet.

— Essaie un peu ça, mon gars, fit la mère Gautier en tendant une veste à Salido.

Salido enfila la veste. Tout le monde trouva qu'elle était faite pour lui comme sur mesure. Il rentra un instant dans l'ombre pour ôter le falzar et remettre son vieux pantalon de guerrier pendant que la mère Gautier s'occupait du chapeau et défroissait la cravate.

Il n'échappa à personne que Salido avait dû se vaincre pour consentir à se déshabiller en présence des camarades et des deux femmes, mais que de plus il éprouvait une grande répugnance à revêtir des habits qui avaient servi à d'autres. A la fin, quand Marcelle eut achevé l'ourlet, Salido, ayant passé une chemise neuve, enfila le falzar et remis la veste, accepté la cravate que la mère Gautier elle-même lui noua autour du cou, chaussé des souliers jaunes, et posé sur sa grosse tête un chapeau de feutre, sourit drôlement, l'air emprunté. Ses regards, qu'il tournait de tous les côtés, semblaient chercher quelque chose.

— Qu'est-ce que t'as perdu?

Ce fut Marcelle qui devina.

— Pas possible! Il cherche une glace!

Mais les Tircot ne possédaient qu'un petit miroir de poche grand comme une pièce de cent sous. On n'en parla plus. La transformation était si complète qu'on ne le reconnaissait plus. D'un instant à l'autre il était devenu n'importe qui, un petit bourgeois quelconque, un employé, un paysan.

— C'est tout de même marrant! s'écria la mère Gautier.

Salido souriait toujours avec une espèce de bonhomie, comme un bon gros redevenu de bonne humeur. Mais ce sourire ne fut que d'un instant. On le vit soudain se retourner, se pencher, fouiller dans le tas de ses vieilles dépouilles de milicien d'où il retira le mouchoir à carreaux qu'il portait autour des joues en arrivant à l'hôpital et son bonnet vert qu'il agita comme des trophées. Puis il les rejeta sur le tas de vieilles hardes. Il alla s'asseoir devant son verre et ne bougea plus, les mains croisées sur la table.

— Alors, maintenant, dit la mère Gautier, c'est le moment de boire un coup!

En réponse au geste que nous eûmes de lever nos verres en signe de triomphe, c'est à peine si Salido trempa ses lèvres dans le sien.

Restait à remettre à la mère Gautier l'argent du voyage. A Paris, les camarades se chargeraient de la suite.

En rentrant chez moi je retrouvai les rues vides

et la douceur du soir. L'air était plein d'odeurs charmantes portées par une brise de mer à peine sensible. On n'entendait pas un bruit, il eût fait bon s'attarder. La tentation me vint un instant, en traversant le jardin public, de m'asseoir sur un banc, de m'abandonner un peu à cette langueur. Pourquoi n'y ai-je pas cédé ?

J'ai poursuivi mon chemin. Arrivant presque chez moi au bout de cette si longue rue du Docteur-Rochard, quelqu'un avait laissé sa fenêtre grande ouverte. Un poste de radio, dans la nuit, répandait un bruit énorme, indistinct. A mesure que je me rapprochais je reconnus la voix : on retransmettait un discours du Führer. La voix sinistre hurlait, cette même voix qui si souvent et depuis si longtemps n'avait cessé tout en promettant la paix d'annoncer la guerre.

Comme dans une mauvaise mise en scène les hurlements de cette voix disparurent tout d'un coup dans les hurlements d'une sirène : la Défense passive procédait à des essais...

... Le surlendemain j'appris que le départ de Salido et de la mère Gautier s'était fort bien passé.

— Tu les aurais vus arriver à la gare bras dessus bras dessous comme un vieux couple, me dit Pierre en riant. C'était même un peu comique.

Malheureusement, il était arrivé quelque chose à Tircot. Un sale coup. En revenant de la gare, Tircot avait rejoint un groupe de camarades chargés de coller des affiches en ville. Ils avaient été assaillis par les fascistes. Dans la bagarre Tircot avait reçu un coup de matraque sur la tête. Les camarades l'avaient ramené chez lui.

Je trouvai Tircot au lit, la tête bandée, seul. Marcelle était à son travail comme tous les jours. Il en avait au moins pour la semaine à rester au lit, Heureusement que les copains l'avaient bien soigné, et fait venir un médecin tout de suite.

Les oripeaux dont Salido s'était débarrassé l'autre soir étaient restés sur le plancher, le bonnet vert sur le tas. Marcelle n'avait pas eu le temps de s'en occuper. Elle n'y avait même plus pensé tant elle était malheureuse de ce qui venait d'arriver à Tircot. J'ai fait un ballot de ces vieilles hardes glorieuses. Je les ai emportées et suis allé les jeter à la décharge.

Désormais, j'avais moins de raisons d'aller à la Préfecture. L'ingénieur, M. Solares, le professeur étaient partis. Le camp de Gouédic était vide. Salido lui-même était à Paris. Et puis mes rapports avec M. le secrétaire général n'étaient plus tout à fait les mêmes.

J'aurais pu me remettre à mon travail si j'en avais eu envie. J'attendais le retour de la mère Gautier. Les trois jours au bout desquels elle devait revenir s'achevaient. Mon tas de paperasses restait là sur ma table. Il m'arrivait de prendre un livre. Je le refermais aussitôt. Parfois, le souvenir de ce que m'avait dit un jour M. Mauléon me revenait.

— Vous n'êtes pas tel que vous croyez, m'avait-il dit, ou que vous voulez vous montrer. Un franc-tireur, d'accord... mais comment vous dire cela? Les Français que nous sommes se croient un peu trop facilement à l'abri des malheurs qui partout en Europe et ailleurs frappent des centaines de milliers de gens. Vous pensez, comme moi-même, tout en sachant que ce n'est pas vrai, que parce que la France est la France cela n'arrivera jamais chez nous! Vous avez la plus haute opinion de votre pays et vous l'aimez. N'est-ce pas vous qui un jour m'avez parlé des grandes traditions d'accueil de la France et ajouté que, justement, parce qu'elle pouvait se croire à l'abri des persécutions qui s'exercent ailleurs contre les juifs, les intellectuels, les communistes, les démocrates ou contre le peuple tout court en Espagne, et les Noirs en Amérique, cette même France se devait plus que jamais de maintenir ses traditions, en accueillant, en protégeant, en réconfortant les persécutés? Et comme ce ne sont pas toujours les gens de droite qui s'en chargent, il faut bien que ce soient les autres? Au nom de la France, pas seulement au nom de la solidarité ou de l'action politique. Il faut que certaines choses soient faites non seulement pour mettre fin au scandale, mais pour l'honneur. Et vous n'avez pas d'ambitions politiques. J'ai entendu notre maire prétendre que tout ce que vous en faisiez était pour lui prendre sa place, mais moi, je sais que ce n'est pas vrai. Et la guerre, mon cher maître? Ne savez-vous pas comme moi qu'il va nous falloir la faire contre ce M. Hitler qui veut tout bonnement nous tuer tous?

... Un coup de sonnette bien matinal : la mère Gautier, sûrement. C'était la mère Gautier.

— Mais... que diable s'est-il passé? Avec Salido?

Salido, en chair et en os, dans son complet marron, ses souliers jaunes et sa cravate verte. Mais dans quel état!

— Entrez!

Ils entrèrent et allèrent s'asseoir. Salido dans un fauteuil, les mains croisées sur son ventre. La mère Gautier sur une chaise. Mais quelle drôle de mère Gautier! Piteuse, honteuse, baissant du nez, l'air d'une vieille pie malade. Ils ne bougèrent plus. Ils semblaient l'un et l'autre exténués.

— Alors quoi! Qu'est-ce qui n'a pas marché?

La mère Gautier ne répondit pas. Quant à Salido il semblait définitivement muet, peut-être indifférent.

— Alors quoi?

Elle haussa les épaules puis, d'une voix de petite fille prête à pigner, elle entreprit de raconter.

Ils avaient voyagé toute la nuit dernière, ça faisait la deuxième nuit de chemin de fer en trois jours. A cause de ça, en plus du reste, ils étaient fourbus. Ils étaient revenus de bonne heure ce matin même, mais ils n'osaient pas se montrer et s'étaient cachés dans un bistrot, près de la gare. Ensuite, ils n'avaient pas osé aller chez Tircot, pensant que Tircot et Marcelle seraient partis au travail. L'emmener chez elle? Pas possible, à cause des voisins.

— Mais enfin, que s'est-il passé?

— C'est tout de ma faute.

Quoi? Les camarades qu'elle devait voir n'étaient pas là? Personne n'avait répondu au téléphone? Ou avait-elle perdu le papier où tout était bien expliqué?

— Vous avez perdu la feuille?

Non, tout de même! Ça n'allait pas jusque-là. Elle me montra la feuille.

— Bien sûr que non! C'est pas ça du tout, mais Paris a bien changé!

— Vous n'avez pas téléphoné?

Si. Mais ils n'avaient rien compris. Elle-même n'avait rien compris à ce qu'on lui avait répondu. Elle avait téléphoné trois fois.

— Il fallait prendre un taxi et vous faire conduire à l'adresse que vous aviez là sur cette feuille. C'est écrit en toutes lettres!

Un taxi? Comment ça? Jamais prix un taxi de sa vie.

— Et lui, il n'a pas été foutu de vous faire comprendre?

Lui? Salido? Paris l'éberluait autant qu'elle. Il la suivait sans rien dire. Ils avaient pris le métro et s'étaient trompés de direction.

— Je vous dis que Paris a bien changé.

Ils avaient marché dans les rues et s'étaient perdus. Elle n'avait jamais osé rien demander à personne, naturellement.

— Je ne sais pas si vous vous rendez compte, camarade, mais bien vite on était crevés.

— Et manger? Dormir?

Ils avaient mangé des croissants en buvant du café, dans des petits bistrots. Dormir? Comment se présenter dans un hôtel? On leur aurait demandé leurs papiers.

— Alors où?

— Dans un square, sur des bancs.

— Personne n'est venu vous chasser?

Non. Heureusement. Il faisait beau. Mais le lendemain, ça avait recommencé, toute la journée. Là, pour de bon, elle avait cru devenir folle.

— Je croyais toujours qu'il allait m'engueuler, mais rien. Ça, faut reconnaître. Il me suivait partout, mais je ne savais pas où j'allais. A la fin tout dansait devant mes yeux. Je ne sais pas comment on est revenus à Montparnasse, après encore toute une nuit dehors.

« Si : grâce à un type à qui je me suis décidée à demander le chemin, mais on est arrivés trop tard pour prendre le train du matin, et ça a recommencé, mais cette fois, on ne s'est pas éloignés, on est allés d'un bistrot à l'autre, et on a pris le train du soir. Dans le train on n'a pas fermé l'œil. »

Elle acheva son récit en disant que ce n'était pas sa faute, mais sa faute quand même.

— Venez. Je vais vous faire manger. Pendant ce temps-là j'irai trouver Pierre.

Je les ai installés à table et je leur ai apporté de

75

quoi manger. Je leur ai montré les lits sur lesquels ils pouvaient se reposer et je suis parti.

J'ai trouvé Pierre sur une échelle, le chapeau sur la tête, son gros cache-nez rouge autour du cou. Il n'avait même pas ôté sa canadienne. En me voyant il est descendu et, tout de suite, il m'a dit :

— Tu sais que ça ne marche pas ?

— Quoi ?

— Salido.

Qu'est-ce qu'il me racontait là ? Il était déjà au courant ?

— Ça t'épate ? Eh bien c'est comme ça.

Il serait venu m'annoncer la nouvelle dès la veille au soir, s'il n'avait pas été si mal foutu.

— Comment ? Dès hier au soir ?

— Tu trouves qu'ils n'y ont pas mis assez de temps ?

— Ah ! Tu veux dire que tu as reçu des nouvelles de « là-haut ».

— Qu'est-ce que tu croyais ! Bien sûr.

La réponse tant attendue de « là-haut » était arrivée la veille.

— Seulement c'est non. On ne peut pas se charger de lui pour le moment. Rien à dire.

La seule consolation était de penser qu'à Paris les copains qui disposaient de grands moyens sauraient se débrouiller pour le planquer. La mère Gautier est revenue ?

— Oui. Mais elle l'a ramené.

La stupéfaction de Pierre ne s'exprima guère autrement que par la manière dont il jeta dans sa caisse à outils la clé anglaise qu'il tenait à la main. Il sortit son paquet de cigarettes, m'en offrit une, en prit une autre.

— Où est-il?

— Chez moi. Avec la mère Gautier.

— Il sait?

— Quoi? Ils n'ont vu personne. Elle s'est perdue dans Paris.

Nous sommes restés un bon moment à nous regarder sans rien dire.

— Alors, il n'a même pas vu les copains?

— Non.

— Ça, c'est un comble! Et pendant qu'ils se traînaient dans Paris la lettre était déjà en route?

A qui s'en prendre? Qu'allait-on faire, maintenant, de Salido? Chez Tircot, plus possible.

— Il ne t'a pas demandé si la réponse était arrivée?

— Il n'a pas débâillé les dents. Je rentre. Viens les voir.

— J'arrive tout de suite. Dans dix minutes.

J'ai trouvé la mère Gautier plus calme mais quand je lui ai annoncé que Pierre allait arriver, elle a changé de figure.

— Vous l'avez mis au courant?

— Il fallait bien. Où est Salido?

— Il dort en haut. Moi, je m'en vais aller voir ce qu'est devenue ma Pépète.

Aussitôt la mère Gautier partie je suis monté jusqu'à la chambre où dormait Salido. La porte était entrouverte. J'entendais la respiration de Salido. Ayant poussé la porte, je l'ai vu étendu à plat dos, dans un grand lit. Il avait défait sa cravate, jeté son chapeau par terre, ôté sa veste et ses souliers. A cause des rideaux tirés, la chambre était dans une pénombre traversée des rayons du soleil.

Les yeux fermés il avait l'air presque doux. Il y avait comme une sorte de tendresse dans les traits fatigués de son visage un peu bouffi. Je me suis éloigné et j'ai descendu l'escalier sur la pointe des pieds, puis entendant une voiture s'arrêter devant ma porte et une portière claquer, j'ai couru. C'était la mère Gautier qui revenait accompagnée de Pierre et d'un autre camarade, Baudouin, le directeur de la Coopérative ouvrière qui travaillait pour le bâtiment.

Dès en entrant Pierre expliqua :

— Tu parles ! On a trouvé la mère Gautier sur le boulevard comme on venait chez toi. On l'a embarquée. Parce que, voilà, tu venais à peine de tourner les talons que Baudouin s'est amené. Je lui ai raconté l'histoire. Et alors...

Mieux valait laisser Baudouin s'expliquer lui-même. D'une certaine manière, Baudouin ressemblait à Salido. C'était le même genre d'homme, sauf que Baudouin était un peu plus âgé, mais ils avaient la même corpulence, la même solidité paysanne, Baudouin était comme Salido un peu court sur jambes et large du buste, d'une placidité qui avait toujours fait l'étonnement de tous. Il parlait peu, ne perdait jamais la tête.

La grande différence entre lui et Salido, c'était que Baudouin commençait à grisonner, qu'il avait le teint vermeil et souriait sans cesse des lèvres et des yeux.

— C'est pas compliqué, dit Baudouin. Pierre m'a raconté. Alors voilà : on va se charger du copain à la Coopé.

C'était tout ce qu'il avait à dire.

— On va l'embaucher comme manœuvre, dit Pierre. Il sera bien foutu de gâcher du mortier ?

— Où c'est qu'il est ? demanda Baudouin.

— Il dort.

— Va le réveiller. Je l'emmène.

Debout, les mains dans les poches, Baudouin faisait comprendre qu'il n'avait pas de temps à perdre.

— Va le secouer. Je l'embarque tout de suite.

— Et s'il n'est pas d'accord ?

— Oh, alors, là !

— Il sera d'accord, fit Pierre. Comment veux-tu ?

— Et le loger ? Il ne peut pas retourner chez Tircot.

— Non, dit la mère Gautier d'un ton résolu. Je le prends chez moi !

Elle avait un petit appentis dans sa cour où Salido serait tranquille tout seul, chez lui. Les voisins ? Eh bien on allait décider qu'on s'en fou-

79

tait. Et puisque Salido allait travailler toute la journée, il ne viendrait là que pour dormir. Il n'aurait qu'à pas se faire remarquer.

— Je lui ferai sa bouffe...

— Faut pas faire ça! s'écria Pierre. Faut pas le prendre chez vous.

— Pourquoi?

— Je conseille pas...

— Pensez-vous! dit-elle. C'est un homme qui sait se dominer.

— Alors, bon! si tu insistes pour prendre le risque.

Elle haussa les épaules. Quel risque?

— Tu vois comme c'est facile, quand on veut, dit Baudouin.

Tout semblait s'arranger. Il n'y avait plus qu'à monter réveiller Salido.

— Vous ne croyez pas que les flics...

— Oh! interrompit Baudouin, les flics, faut pas trop se frapper. Si on cause pas trop. Et puis il sera portugais pour tout le monde. Il y a des tas de copains portugais ces temps-ci dans le bâtiment...

Salido s'installa dans l'appentis au fond de la cour chez la mère Gautier. Il allait à son travail en emportant son casse-croûte pour midi. Tout allait bien, mais le plus difficile restait à faire : il n'était pas encore au courant de la réponse de « là-haut ».

En attendant que Pierre se décide à l'en informer, Tircot se rétablissait, la mère Gautier allait à ses petites affaires, M. le commissaire spécial paraissait avoir oublié son évadé. Finalement, pensant qu'il n'était plus possible de tarder encore, Pierre se décida à mettre Salido au courant.

— Sur le moment, me dit-il ensuite, j'ai cru qu'il allait tout foutre en l'air.

Quand Pierre était allé trouver Salido pour lui « casser le morceau », la mère Gautier était présente. Pierre l'avait voulu ainsi :

— Tu comprends, je voulais que Salido sache bien que ce n'est pas sa faute à elle. Elle a agi comme une andouille c'est vrai mais, même si elle avait réussi à voir les copains là-haut, ça n'aurait rien changé. La décision était déjà prise. C'est ce que je voulais qu'il sache. Je voulais qu'elle aussi le sache.

Pierre avait craint la fureur de Salido. C'était pour cela qu'il avait fait grise mine, quand la mère Gautier avait parlé d'emmener Salido chez elle.

— Ben... Tu connais le gars. Tu vois son genre ? Alors, on ne sait jamais.

Il avait voulu qu'ils pussent lire, tous les deux, le cachet de la poste sur l'enveloppe de la lettre, la date de la lettre elle-même.

Elle avait été bien soulagée. Mais Salido était quand même entré en fureur. Tout d'un coup il était parti. Pierre avait voulu le rattraper. Il n'y avait pas réussi. Salido avait passé toute la nuit dehors.

Ce qu'avait fait Salido au cours de cette nuit-là, personne ne l'a jamais su. Ce que l'on apprit

81

ensuite, c'est que le lendemain, à l'heure habituelle, Salido était au chantier, qu'à midi il s'en alla avec les autres casser la croûte au bistrot, et que, le soir, il était rentré chez la mère Gautier.

Il mangea la soupe du soir et but une tasse de café. Pépète venait justement d'arriver. Ils s'étaient mis à table tous les trois, sous la lampe. A partir de ce jour-là ils avaient vécu ensemble comme en famille. Salido partait le matin de bonne heure, emportant dans sa musette le casse-croûte que la mère Gautier lui avait préparé. Le soir, aussitôt le travail fini, il rentrait « à la maison », mangeait la soupe et allait se coucher dans son appentis. Pépète et la mère Gautier lavaient son linge.

La mère Gautier était retournée à la Maison du Peuple lui chercher des habits de travail, afin qu'il n'abîmât pas son beau complet qu'elle avait nettoyé, repassé et placé dans son armoire. Elle l'en sortait le dimanche.

Tout en observant certaines précautions, Salido prenait de l'audace. Le dimanche, il lui arrivait d'aller faire un tour en ville. Il n'y avait plus rien d'autre à faire pour lui comme pour tout le monde, qu'à attendre, bien que personne ne sût quoi au juste. Maintenant, tout était joué depuis que M. Daladier avait annoncé : « La France tire l'épée » et que de nouveaux réfugiés venant du Nord de la France arrivaient tous les jours au Centre d'accueil, ces vieillards épouvantés, ces enfants le masque à gaz en bandoulière.

La veille de ce matin-là du 11 septembre 1939 j'avais vu emmener un jeune soldat, entre deux autres, arme sur l'épaule, baïonnette au canon, conduits par un caporal. Le premier insoumis? Le premier objecteur de conscience?

Depuis longtemps, Salido avait disparu. La mère Gautier l'avait flanqué à la porte, on n'avait jamais su pourquoi. Baudouin lui-même ne savait pas ce qu'il était devenu. Un beau salaud. Pourquoi?

Dans le ciel bleu de légères fumées s'échappaient çà et là des cheminées. Tout ressemblait encore à la paix.

Un nouveau coup de sifflet et tous les Anglais se rembarquèrent. Ils s'embarquaient cette fois pour de bon. Quand le train s'ébranla, je me dis qu'il était temps pour moi de quitter enfin cette passerelle. Aucun train n'arriverait aujourd'hui de Paris, mais... pouvais-je abandonner ce vagabond? Je pouvais au moins lui offrir une cigarette et l'emmener au Centre d'accueil.

Je fis un pas vers lui. En m'entendant, il tourna la tête et se mit un doigt sur les lèvres. Salido! C'était Salido! Avec le même regard. Mais quelles joues creuses et quelles guenilles! Il portait des blancs de travail maculés, déchirés, la plupart des boutons partis. Depuis combien de semaines devait-il mener la vie d'un rôdeur, couchant derrière les haies, se nourrissant comme il le pouvait d'un oignon volé, d'une carotte, buvant l'eau des ruisseaux et des fontaines ? Traqué, sans plus personne pour l'aider dans un pays étranger et maintenant en guerre, avec cette figure qui faisait peur au monde ?

— Tu m'avais vu ? Tu m'avais reconnu ?

— Si !

— Alors pourquoi ?...

Pourquoi était-il resté si longtemps sans m'aborder ?

Encore une fois il se mit un doigt sur les lèvres, ce qui sûrement voulait dire que je faisais bon marché des précautions nécessaires dans la clandestinité.

A voix basse, dans un charabia composé d'espagnol et des quelques mots de français qu'il avait fini par apprendre, il raconta qu'une fois chassé de chez la mère Gautier, Baudouin l'avait envoyé travailler à la campagne à une vingtaine de kilomètres de la ville. Il y était resté quelques jours, mais là une nouvelle histoire était arrivée à cause d'un « provocateur ». Ils s'étaient battus. Salido avait quitté le chantier. Depuis... les événements s'étaient précipités. Il y avait aujourd'hui une quinzaine de jours qu'il ne faisait que rôder aux abords de la ville, couchant dehors. Baudouin était mobilisé, Pierre et Tircot aussi. Pourquoi n'était-il pas retourné chez la mère Gautier ? A cette question son visage redevint mauvais. En colère, il me répondit que la mère Gautier n'était qu'une vieille putain. S'il avait tout cassé avec elle c'était parce qu'elle le poursuivait. Elle voulait coucher avec lui, quoi! Il n'en avait jamais eu la moindre envie. Et la vieille salope avait prétendu que lui, il tournait autour de Pépète? Pour qui le prenait-on?

Il était revenu en ville la veille, espérant retrouver ma maison. Il n'y était pas arrivé. Ce matin, comme il avait faim, il s'était approché du Centre d'accueil. Il m'avait vu qui en sortait, il m'avait suivi. Voilà tout.

— *Nada mas! Y ahora?* Et maintenant?

— Suis-moi à quelques pas. Viens chez moi. Nous verrons.

Je me mis en route. Salido me suivait à vingt pas. De rares personnes allaient et venaient dans la cour de la gare. J'aperçus l'homme errant marchant à tout petits pas, un peu loin, et je continuai mon chemin, en me gardant de tourner la tête. Après quelques instants je m'arrêtai, sous prétexte d'allumer une cigarette pour écouter les pas de Salido. J'avais toujours su qu'il avait le pas très léger. Inquiet de ne rien entendre je tournai la tête en jetant mon allumette.

Dans la cour de la gare Salido parlait avec deux types du genre costaud qui brusquement le saisirent et l'entraînèrent à toute vitesse vers une voiture dans laquelle ils le poussèrent rudement.

J'ai trouvé la mère Gautier dans sa cuisine occupée à nettoyer ses casseroles.

— On vient d'arrêter Salido. Sous mes yeux.

Sans rien répondre, sans bouger, sans lâcher sa casserole, elle m'a regardé toute blême.

— Où ça?

— A moins de cent mètres d'ici, dans la cour de la gare.

Elle posa sa casserole et resta les bras ballants. Ses lèvres se mirent à bouger. Elle voulait balbutier quelque chose.

— Il ne s'est pas... Il s'est laissé faire comme ça?

— Vous savez...

Elle s'assit et resta comme ça regardant droit devant elle, les mains sur ses genoux. Les larmes sont venues lentement. Nos regards se sont rencontrés, elle n'a pas fui le mien. Dans le sien j'ai vu une vraie douleur. Je me suis dit que Salido n'avait jamais été un « beau salaud », pas plus que la mère Gautier une « vieille putain ». Il avait été son dernier espoir de femme. Depuis combien de temps n'y avait-il pas eu d'homme dans sa maison? Il n'avait pas voulu d'elle.

Je n'avais plus qu'à m'en aller en la laissant à son chagrin. Comme j'allais sortir l'homme errant est entré pour demander une tasse de café. Il a raconté qu'il venait de voir arrêter un type. Il ne savait pas qui c'était mais quand même c'était pas beau.

— Les yeux hors de la tête, qu'il avait, le type...

En rentrant chez moi j'ai trouvé dans ma boîte

aux lettres un avis de la Défense passive et une carte de Pierre ornée de petits drapeaux tricolores portant le timbre de la poste aux armées.

Moins d'une semaine plus tard, la radio annonça l'entrée des troupes soviétiques en Pologne...

O.K., Joe!

Personne ne parlait dans la voiture, ni les deux lieutenants dans le fond ni le chauffeur près duquel j'étais assis. Il pouvait être dans les trois heures de l'après-midi. Nous venions de quitter la mairie où les lieutenants étaient venus me trouver.

Dès en entrant dans mon bureau, le plus âgé des deux m'a demandé si j'étais bien l'interprète du maire? Lui ayant répondu que oui, les lieutenants se sont présentés :

— Lieutenant Stone...

— Lieutenant Bradford.

Je les ai priés de s'asseoir. Ils ont refusé. Le lieutenant Stone m'a demandé si j'étais bien aussi celui qui, la veille au soir, avait parlé avec un de leurs hommes à la porte du collège de jeunes filles? Il a précisé :

— Avec Bill?

Oui. C'était bien moi. Avec Bill Cormier. Oui.

— O.K.! D'après Bill, il paraît que vous n'avez pas grand-chose à faire à la mairie?

C'était vrai aussi. Je n'avais même rien à faire du tout.

— Dans ce cas peut-être pourriez-vous nous rendre un grand service ?

Ils partaient à l'instant en mission et ils avaient besoin d'un interprète. Alors ? La jeep était devant la porte.

Le plus jeune des deux, le lieutenant Bradford, me faisait l'effet d'un grand adolescent d'une trentaine d'années, très soigné, très distingué, d'allure plutôt britannique — un blond au teint de jeune fille, aux yeux bleu pâle. Il souriait avec beaucoup d'affabilité. On comprenait tout de suite en le voyant qu'il devait avoir toujours et partout d'excellentes manières. Son collègue, un peu plus âgé, paraissait plus solide, à cause de ses larges épaules et de la manière dont il se tenait planté sur ses jambes. A cause aussi de ses gros cheveux noirs et du poil vigoureux qui recouvrait ses poignets et jusqu'aux dernières phalanges de ses doigts. Il avait de très belles mains, mais les traits de son visage étaient un peu forts, sa bouche gourmande, ses yeux très noirs. Il souriait lui aussi très gentiment en attendant ma réponse.

J'ai répondu que oui, bien sûr. Pourquoi pas ? Mais il me fallait d'abord informer M. Royer, notre nouveau maire, et obtenir de lui la permission. J'ai téléphoné. M. Royer m'a répondu que oui, puisque je n'avais rien à faire. Et j'ai suivi les lieutenants.

La jeep était en effet devant la porte, le chauffeur au volant. On est monté. Les lieutenants se sont installés derrière et moi à côté du chauffeur.

— O.K., Joe! a dit le lieutenant Stone

Joe a embrayé tout de suite et personne n'a plus dit un mot.

Il n'a pas été bien facile de sortir de la ville, il y avait foule partout, sur la place devant la mairie, pour commencer, qui est aussi la place de la Préfecture. La foule était là en permanence depuis le début, et dans le centre de la ville, mais Joe a très bien réussi à se débrouiller sans impatience. Dès que nous avons quitté le centre, les choses sont allées normalement et une fois sur la route Joe est allé bon train.

Toujours sans un mot, mais avec un clin d'œil, Joe m'a filé une boîte de Prince Albert, et j'ai bourré ma pipe.

Où allions-nous? Il faisait un très beau soleil du mois d'août. Sur la route nous ne rencontrions personne et pas un avion dans le ciel. Nous sommes passés devant les restes d'un camion incendié. Joe conduisait vite et très bien. On aurait dit qu'il connaissait la route aussi bien qu'un homme du pays. Il savait où il allait, les lieutenants aussi. Pas moi. Je ne l'avais pas demandé, pas plus que je n'avais demandé quelle était cette mission pour laquelle ils avaient besoin de mes services.

Après une bonne heure de route Joe a tourné à gauche. Il s'est engagé dans un chemin creux bordé de hauts talus plantés de chênes. Après la grande lumière de la route c'était la pénombre et la fraîcheur sous les feuillages, et à bord de la jeep, le même silence. Le lieutenant Stone étudiait un dossier qu'il avait tiré de son porte-documents.

Nous sommes arrivés dans un hameau. Toujours aussi sûr de lui, Joe est entré dans une grande cour pleine de soleil. Au fond de la cour une maisonnette : quatre murs et un toit d'ardoises. Dans le mur donnant sur la cour, une porte et à gauche de la porte une fenêtre. Joe a stoppé. Le lieutenant Stone a remis son dossier dans son porte-documents. Il est descendu le premier. Le lieutenant Bradford l'a suivi. Je suis descendu à mon tour. Joe est resté au volant.

Le lieutenant Stone, son porte-documents à la main, s'est approché de la porte. Il a frappé. Une grande paysanne d'une cinquante d'années, assez forte, tout en noir, a ouvert. A la vue de cette femme, nous avons tous eu le même mouvement de recul ; son visage était comme écorché, son front, sa joue gauche, son menton criblés de taches écarlates.

— Je vois bien qui vous êtes, nous a-t-elle dit d'une voix douce en s'effaçant. Entrez.

La maisonnette ne comprenait qu'une seule pièce, au sol, de terre battue. Au fond de la pièce, une jeune fille occupée devant un fourneau. Elle ne s'est pas approchée.

— Il s'est passé ici une très sale affaire, m'a dit le lieutenant Stone, en déposant son porte-documents sur la table. Voulez-vous demander à cette femme... ?

Il voulait savoir, entendre de la propre bouche du témoin s'exprimant dans son propre langage « *Ask the witness to tell in his own words* » d'où provenaient ces écorchures qu'elle portait sur le visage ?

Avec grande douceur, la paysanne a répondu qu'elles provenaient des éclisses de bois que la balle avait arrachées en trouant la porte.

Le lieutenant Stone et le lieutenant Bradford, qui examinaient les lieux, ont échangé un regard.

— Oui. C'est donc bien ça, a dit le lieutenant Bradford.

— Ensuite ? a repris le lieutenant Stone en s'adressant à moi. *Ask the witness...* Demandez au témoin...

La paysanne a continué en disant que le fracas de la décharge l'avait étourdie et qu'elle ne s'était pas rendu compte tout de suite que son mari s'était écroulé à ses pieds.

— Horrible ! a murmuré le lieutenant Stone. Tout à fait horrible.

Il est allé s'asseoir devant la table, il a ouvert son porte-documents d'où il a tiré son dossier qu'il a étalé devant lui. Le lieutenant Bradford continuait à se promener à travers la pièce en regardant partout. La jeune fille, une belle paysanne de vingt ans, un peu forte, le teint très vif, restait toujours à son fourneau.

— *Ask the witness...* Demandez au témoin.

A quelle heure le drame s'est-il produit ? La nuit

95

était-elle tombée? La jeune fille s'était-elle rendue au camp? Avait-elle parlé à l'un des hommes?

— *Ask her...* Demandez-lui.

Oui. La jeune fille était allée au camp.

— Demandez-lui pour quoi faire?

— Pour voir, comme tout le monde, a répondu la mère.

On disait qu'ils étaient si gentils! Pourquoi n'y serait-elle pas allée comme les autres? Tout le monde y était allé.

— A-t-elle parlé à l'un d'eux?

— Non, a répondu la jeune fille.

— Mais il l'a suivie, dit le lieutenant Bradford en s'approchant. Savait-il où elle habitait?

— Il vous a suivie? a demandé le lieutenant Stone.

La jeune fille ne le savait pas. Elle ne s'était pas rendu compte.

Après cette réponse il y a encore eu un moment de silence. Le lieutenant Stone a jeté son crayon sur ses papiers — il avait noté toutes les réponses de la mère et de la jeune fille — et, se renversant légèrement dans sa chaise, il a pris la pose d'un homme qui s'apprête à écouter un long récit.

— A présent, demandez à la mère de nous raconter comment les choses se sont passées?

La mère a tourné la tête à droite, puis à gauche, elle a levé faiblement la main, montrant les quatre murs de la pièce dont un seul possédait deux ouvertures : la porte et la fenêtre.

— Voyez. C'est là que nous avons toujours vécu.

Il allait faire nuit. On s'apprêtait à se coucher quand on a entendu marcher dans la cour.

Ils avaient d'abord cru que c'était un voisin qui venait leur demander un service ou leur apprendre une nouvelle. Mais, par la fenêtre, la jeune fille avait aperçu la silhouette d'un soldat. Le soldat avait appelé « Mamoiselle ». Aussitôt la mère avait fermé les volets tandis que le père verrouillait la porte.

— On a tout de suite compris que c'était un des soldats du camp. Le père a crié au soldat de s'en aller. « Il n'y a pas ici de Mademoiselle pour vous. »

Le lieutenant Stone a voulu savoir si le père n'avait pas injuré le soldat ? Si, par exemple, ils ne l'avaient pas traité de sale nègre ?

— Non. On lui a dit de s'en aller.

Le témoin croyait-il que le soldat était ivre à ce moment-là ?

La mère n'en savait rien. Comment aurait-elle pu le savoir ? Tout ce qu'elle pouvait dire c'est que le soldat, devenant furieux, s'était mis à cogner dans la porte à grands coups de pied.

La peur les avait pris. Sur l'ordre du père, la jeune fille éteint la lumière et va se cacher dans un coin près de l'armoire.

— Là, dit la mère en montrant l'endroit.

De plus en plus furieux le soldat cogne toujours en appelant « Mamoiselle ». Ils se sont dit que la porte allait céder. Le père et la mère s'accotant contre la porte sont restés là longtemps à pousser.

— Combien de temps?

— Je ne sais pas... Il cognait très fort. D'abord c'était à coups de pied, après avec autre chose. Le père m'a dit d'aller chercher la hache mais je n'ai pas osé lâcher la porte.

La mère a crié à sa fille d'aller chercher la hache. La fille y est allée mais elle ne l'a pas trouvée. Il aurait fallu rallumer.

— C'est avec la crosse de son fusil qu'il cognait, a repris la mère. Le père l'avait compris avant moi.

— Longtemps?

— Oui. Assez longtemps. La porte tremblait. On poussait toujours. Il s'est arrêté. On l'a entendu marcher et on a cru qu'il s'en allait. C'est là qu'il a tiré dans la porte.

Le père s'est écroulé, la moitié du crâne enlevée. La mère n'avait pas compris tout de suite. Elle s'était écroulée aussi, mais elle avait d'abord pensé que quelque chose lui était tombé sur la tête, elle ne savait pas, elle était étourdie. Ce n'est que plus tard qu'elle s'est rendu compte qu'elle était couverte du sang et de la cervelle de son mari et qu'elle avait la joue à moitié enlevée. Dans son coin, la jeune fille s'était mise à hurler.

— Bon. Arrêtons-nous là, a dit le lieutenant Stone. C'est horrible. Tout à fait horrible. Dites-lui que nous regrettons d'avoir à lui poser toutes ces questions. Dites-lui aussi que le coupable est arrêté et qu'il sera jugé dans deux ou trois jours.

Il m'a semblé que personne ne savait plus quoi dire, ni quoi faire. Les deux femmes, croyant que

les officiers en avaient terminé, ont offert la collation. Ils n'allaient pas refuser de prendre une tasse de café et de manger une tartine de pain et de beurre? Ils ont refusé très poliment.

D'un ton brusque, le lieutenant Stone a demandé si on avait retrouvé la balle?

— Il me faut cette balle! s'est-il écrié en se levant d'un air plein d'autorité.

La balle était forcément dans la pièce. On devait la retrouver.

— *Ask her... Ask the witness...* Demandez-lui si on l'a cherchée?

— Vous avez cherché la balle?

— Oui. Avec des voisins.

— Et vous ne l'avez pas retrouvée?

— Non.

— Il me faut cette balle! a répété le lieutenant Stone avec encore plus de force.

Le lieutenant Bradford s'est accroupi devant la porte pour examiner la déchirure que la balle y avait faite. Quelle trajectoire avait-elle suivi? A son avis, c'était derrière l'armoire qu'il fallait la chercher. Peut-être même dans l'armoire?

Mais les deux femmes avaient déjà fouillé l'armoire et n'y avaient rien trouvé. Elles avaient regardé partout, derrière le fourneau, sous les lits...

— Il me faut cette balle! Absolument!

Je les ai laissés chercher la balle et je suis sorti dans la cour.

Quelques paysans du voisinage se trouvaient là, entourant Joe descendu de la jeep, qui leur offrait des cigarettes. En me voyant, Joe s'est avancé et les paysans l'on suivi. L'un d'eux m'a demandé si on avait arrêté le gars? Je lui ai répondu que oui. Ils ont voulu savoir qui étaient les officiers et ce qu'ils étaient venus faire?

— Une enquête. Pour le moment ils cherchent la balle.

Joe savait qu'il s'agissait d'un meurtre mais qui était le meurtrier?

— Un Noir, Joe.

— Sale bâtard!

— Et les officiers, qui sont-ils, Joe?

— Justice militaire. Le lieutenant Stone est le procureur. Le lieutenant Bradford l'avocat.

J'ai expliqué cela aux paysans. L'un d'eux m'a demandé :

— Et vous?

— Un interprète.

— Pas des mauvais types, les deux lieutenants, pas du tout des mauvais types, vous savez, m'a dit Joe...

Un jeune paysan s'est approché de moi d'un air embarrassé. Il a sorti de sa poche un vieux porte-monnaie à fermoir de cuivre d'où il a tiré la balle.

— V'là la balle. J'aurais bien voulu la garder en souvenir, mais plutôt que d'avoir des ennuis...

J'ai pris la balle et je suis rentré dans la maison. J'ai donné la balle au lieutenant Stone. Il s'est écrié :

— J'ai trouvé la balle !

Tenant la balle entre le pouce et l'index il a levé la main très haut pour la regarder et la montrer. Il a empoché la balle en disant :

— Excellent !

Sur le chemin du retour les deux lieutenants ne sont pas restés muets comme en venant. Quelle horrible affaire! Pauvres gens! Pauvre père! Pitoyable! Et le meurtrier d'à peine vingt ans! On allait le pendre, bien sûr. Personne ne pouvait le tirer de là. Horrible en vérité! Mais pouvait-on laisser violer et assassiner les gens? Mais aussi ces jeunes idiots de Noirs n'avaient jamais eu plus de cervelle que les petits oiseaux. Et toujours prêts à se damner pour une femme blanche! Ils n'avaient pas besoin d'avoir bu pour ça. Et celui-ci n'était probablement pas ivre, ce soir-là. Il avait affirmé que non, lors de son premier interrogatoire. Il prétendait ne s'être jamais douté qu'il y eût personne derrière la porte. Il n'avait pas eu l'intention d'être méchant, il ne voulait que donner une leçon à ces gens-là. Quand il s'était mis à suivre la jeune fille, il n'avait pas de mauvaises intentions. C'était ce qu'il disait. Difficile à croire quand même. Et pourtant — *why not?* pourquoi pas?

Il prétendait n'avoir jamais rien voulu de plus que passer un bout de soirée avec la jeune fille. Boire un verre. Il l'eût embrassée si elle avait été d'accord, ça oui, mais c'est tout. Quant au fusil qu'il avait emmené, on ne devait pas oublier qu'il était interdit aux soldats américains de sortir sans leur arme, à cause des *snipers*, c'est-à-dire des francs-tireurs allemands et autres qui rôdaient encore dans le pays.

Il disait qu'il s'était mis en colère parce qu'on avait eu peur de lui. Pourquoi avaient-ils eu peur ? Parce qu'il n'était qu'un Noir ? Si on lui avait ouvert la porte et offert un verre, si on ne l'avait pas traité comme un sale nègre... On ne l'avait pas injurié c'est vrai, mais ça revenait au même et il le savait bien, lui. Ces gens-là eussent ouvert leur porte à un Blanc.

Le lieutenant Stone répétait qu'il y avait sûrement du vrai là-dedans mais que c'était difficile à croire malgré tout quand on connaissait les Noirs. Ils disaient tous des choses comme ça dans certains cas.

— Pauvre type ! Mais ils sont tous de sacrés damnés menteurs, vous pouvez me croire !

On reviendrait chercher les deux femmes pour qu'elles puissent témoigner devant la Cour martiale.

— Où avez-vous trouvé la balle ? m'a demandé le lieutenant Bradford.

— Dans le porte-monnaie d'un voisin.

Au moment de nous quitter devant la mairie les lieutenants m'ont remercié et invité à dîner avec eux au mess, si je voulais les rejoindre au collège de jeunes filles à sept heures. Ensuite nous irions au cinéma. On avait installé un cinéma dans la salle des fêtes du collège et on y donnait de sacrés bons films.

Tout aimable que fut leur invitation je n'ai pas cru devoir l'accepter. Ils n'ont pas insisté. Ils m'ont répété que je leur avais rendu un grand service.

— *You did a good job!*

Ils reviendraient peut-être me chercher un de ces jours pour une autre mission, si j'étais d'accord.

— Alors, bonsoir! A bientôt, de toute manière.

— C'est ça. A bientôt. Bonsoir.

— Merci. A bientôt. A demain, peut-être.

— Bonsoir, Joe!

— O.K.! Bonsoir! m'a répondu Joe.

— O.K.! a dit le lieutenant Stone — O.K., Joe. Et Joe a embrayé aussitôt.

En rentrant au bureau j'ai appris qu'en mon absence le « Town-Major » autrement dit le commandant de la Place, était passé pour me voir et qu'il reviendrait le lendemain en fin de matinée. J'ai appris aussi qu'un grand bal devait avoir lieu dans la soirée au jardin public.

Comme je sortais de la mairie — il n'était pas loin de six heures du soir — je me suis trouvé face à face avec Bill, un jeune étudiant de Chicago avec qui j'avais bavardé la veille à la porte du collège de jeunes filles, un jeune colosse sympathique. Mais l'arme à la bretelle.

Il venait me chercher pour m'emmener au cinéma. Je lui ai répondu comme aux lieutenants.

— Merci, Bill.

— De sacrés bons films, quand même, vous savez, m'a-t-il répondu à son tour. Et alors, vous avez vu les lieutenants ?

— Oui. Ils sont venus me trouver. Pourquoi sortez-vous avec un fusil ?

— Ce sont les ordres. A cause des francs-tireurs. Même si on ne fait qu'un petit tour. Bon! Alors? Les lieutenants? Ce sont de bons types, n'est-ce pas? Sympathiques.

— Je les ai accompagnés.

— Oh! Une enquête?

— Oui.

— Quel genre?

— Meurtre.

— Je pensais... ou quelque chose comme ça. Vous allez rester avec eux?

— Je ne sais pas, Bill. Ce n'est pas bien un travail pour moi.

— Pourquoi? Vous pouvez faire un très bon interprète, pour sûr.

— Peut-être. Mais je ne sais pas.

— Oh! Je vois. Et la victime? L'un des nôtres?

— Non. Le meurtrier. La victime est un paysan.

— Oh! Je regrette d'entendre... Affreux. Mais il faut s'attendre à ces choses-là. Malheureusement. Une rixe? L'alcool?

— Non. Une fille.

— Oh! Je vois.

En apprenant que le meurtrier était un Noir:

— Oh! s'est récrié Bill, je vois! On ne devrait pas donner de fusils à ces gens-là. Tous irresponsables. Vous reverrez les lieutenants?

— Peut-être.

— O.K.! J'espère vous revoir! J'ai des tas de choses à vous dire... *Heaps of things*. Nous resterons encore ici deux ou trois jours, je pense. Vraiment vous ne venez pas avec moi au cinéma?

— Non, Bill. Merci. Pas ce soir.

— O.K.! Tout à fait normal. Bonsoir, donc. On entend de la musique. Qu'est-ce que c'est? Une fête?

— Oui. Un bal. Au jardin public.

— Oh! Je pensais. A demain peut-être.

— A demain, Bill. Bonsoir.

— A demain, j'espère.

Nous nous sommes quittés devant la porte du collège de jeunes filles. Bill est parti en courant. Il n'avait pas envie de rater son cinéma.

Devant cette porte, ce n'était pas la foule comme la veille. Il était encore de trop bonne heure. Mais hier, le spectacle était un peu comme celui de la kermesse. Il y avait là une vraie petite foule et de nombreux Américains qui distribuaient aux gens des cigarettes, des bonbons, du chewing-gum, des petits sachets de Nescafé, qui plaisantaient avec les filles. Sur le pas de la porte, deux soldats se tenant par le cou chantaient et dansaient en faisant des claquettes. Ils s'interrompaient de temps en temps pour crier à tue-tête, les yeux au ciel, qu'ils allaient à Berlin.

We are going to Berlin!

— Ça fait quand même un drôle de changement, a dit quelqu'un près de moi.

Oui, une drôle de différence avec les sentinelles allemandes la veille encore à la même porte, leur mitraillette sous le bras, leurs deux grenades dans le ceinturon et leurs chiens.

C'est là que j'ai fait la connaissance de Bill, très gentil garçon, Bill Cormier. Ses ancêtres venaient du Limousin, c'est ce qu'il m'a dit en premier et, s'il le peut, il ira faire un tour par là pour voir s'il lui reste des cousins.

Est-ce que je me souvenais d'avoir vu les troupes américaines en France, l'autre fois, pendant l'autre guerre?

— On les appelait les « sammies » je crois? Vous vous souvenez?

En 1917. Je m'en souviens très bien, on les appelait les petits enfants de l'oncle Sam.

Bill avait vu des photos. Les « sammies » portaient de grands chapeaux comme les boy-scouts.

— Oui. Et aujourd'hui nous avons des casques. Nous ne sommes plus des « sammies » mais des G.I.

En entendant parler de casques, un voisin de Bill a dit que c'était une très bonne chose, parce qu'il devait la vie à son casque, et que le jour où il défilerait avec toute l'armée à travers les rues de Berlin il peindrait sur son casque en lettres blanches grandes comme ça le mot *Jude*, pour bien leur faire voir, à ces fils de chienne, à ces sales bâtards...

D'après Bill, ceux de 1917 avaient eu bien de la veine parce qu'on n'avait pas commencé par les amener en Angleterre.

Les Américains n'avaient pas été trop bien reçus

dans ce pays-là, et les filles anglaises n'étaient que des dévergondées.

— Pour sûr! Ça leur est égal de se balader avec des Noirs!

Bill avait l'air d'un très bon garçon, doux, sérieux, très sympathique. Étudiant. Il étudiait quoi?

— J'étudie le droit.

Pour le moment il était dans les transmissions. Il ne savait pas combien de temps l'État-Major resterait ici, pas plus de deux ou trois jours, mais il espérait bien qu'on se reverrait. Il avait des tas de choses à me dire.

— Pourquoi pas, Bill? Passez à la mairie. Demandez l'interprète du maire. Je n'ai pas grand-chose à faire, vous savez.

— O.K.! Dès que je le pourrai, j'aimerais bien. Je vous parlerai de notre évêque. Oh! Écoutez!

Peu de temps avant le départ des troupes pour l'Europe une cérémonie religieuse avait eu lieu et l'évêque, haranguant les jeunes soldats, leur avait dit : «Mes garçons! Si c'est pour maintenir le monde comme il est que vous allez là-bas, alors n'y allez pas! Mais si c'est pour le changer, alors allez-y!»

Bill trouvait que l'évêque avait bougrement raison. On allait changer le monde, pour sûr. Hitler était foutu. Dans quinze jours Patton serait à Berlin.

111

... Ayant laissé Bill courir à son cinéma j'ai poursuivi mon chemin jusqu'à un rond-point au bout de la rue et là je me suis assis sur un banc. En cet endroit écarté, il n'y avait personne. C'était ce que je souhaitais. Et j'avais bien le temps encore avant de retourner à l'auberge où je prenais pension depuis près de deux mois. Ma famille était à la campagne. Cette auberge est une vieille auberge à l'ancienne mode, on y vend à boire et à manger, on y loge à pied et à cheval : ces inscriptions d'un autre âge n'ont pas disparu de ses murs et au-dessus de la porte est accroché un bouchon. La patronne est une paysanne en coiffe. C'est l'auberge de l'Espérance. Elle n'est fréquentée que par des ouvriers du bâtiment : maçons, plâtriers, manœuvres. Je m'y suis toujours senti très bien.

Il m'a semblé que c'était la première fois que je venais m'asseoir sur ce banc, face à ce vaste paysage de vallée, de champs, avec, au loin, la mer, un paysage que je connaissais pourtant si bien depuis l'enfance et que j'avais toujours beaucoup aimé. Il m'a semblé qu'il n'était plus tout à fait le même et pourtant je voyais bien que rien n'y était changé. C'était toujours le même clocher de village, ces mêmes restes d'une vieille tour féodale sur un mamelon, cette même vallée charmante au fond de laquelle coulait un mince ruisseau dont j'entendais le murmure dans le silence de la soirée. D'où venait que je regardais tout cela avec une sorte d'indifférence, d'où venait que je pouvais rester assis sur un banc si tranquillement, ce qui, depuis des années, ne m'était plus arrivé. J'étais là presque sans pensées, presque sans souvenirs, comme étranger. J'aurais voulu me lever, aller faire quelques pas sur la route qui surplombe la vallée, me pencher sur la balustrade pour regarder en bas les peupliers qui bordent le ruisseau. Mais en avais-je vraiment envie ? D'où cela venait-il ? Jusqu'à présent, malgré les fatigues et les privations depuis quatre ans, je n'avais rien éprouvé de semblable. D'où m'était venu ce saisissement comme devant une apparition fantastique en passant un soir, dans les tout premiers jours de notre libération, sous une fenêtre grande ouverte à travers laquelle j'avais aperçu en pleine lumière toute une famille en train de dîner autour de la table ? Cela m'avait paru merveilleux et incroyable et je m'étais dit que nous allions devoir réapprendre beaucoup plus de choses encore que nous ne l'avions jamais cru. Pour cela il nous faudrait du temps.

La guerre n'était pas finie. Le débarquement avait réussi mais de nombreux Allemands résistaient encore, dans Saint-Malo, dans Brest, à Lorient. Et Paris n'était pas encore libéré. Il faudrait attendre encore avant qu'un nouvel espoir nous fût permis. Et, pendant ce temps-là, allais-je passer mes journées dans ce bureau à la mairie à ne rien faire ? Les lieutenants américains reviendraient peut-être me demander de les accompagner pour quelque nouvelle mission. Je n'étais pas fait pour ces choses-là. Le souvenir de ce que j'avais vu et appris au hameau m'était horrible. Malgré la pitié que j'éprouvais pour les victimes, et aussi pour le coupable, qu'on allait pendre, je ne m'étais pas senti là à ma place. Quant à mon propre travail il y avait longtemps que j'en avais perdu l'envie.

Dans les vagues pensées auxquelles je me laissais aller ce soir-là, les paroles de Bill à propos de son évêque me revenaient : « Mes garçons, si c'est pour maintenir le monde comme il est, alors n'y allez pas, mais si c'est pour le changer, alors allez-y! » Oui, cet évêque avait raison, mais il n'était pas nécessaire d'être évêque pour cela...

... De vagues pensées, en effet. J'éprouvais qu'il allait me falloir réapprendre le repos, sortir d'une certaine indifférence. Où en étais-je? Où en étions-nous? Tout était allé si vite. Combien de jours s'étaient-ils écoulés depuis l'entrée des troupes américaines en ville? Combien, depuis le départ des Allemands?

Un matin, au début du mois d'août, de très bonne heure, j'avais été réveillé par de violentes explosions et j'avais vu de grosses fumées qui s'élevaient au-dessus de la ville. C'était les Allemands qui commençaient la destruction de leurs dépôts de munitions. L'un de ces dépôts était installé dans le lycée, que l'explosion fit sauter et incendia. Il me semblait, en y repensant, qu'il y avait déjà très longtemps de cela, très longtemps de cette matinée que j'avais passée en ville au milieu de la foule qui courait à travers les rues en poussant toutes sortes de cris, qui déjà avait procédé au pillage des bureaux de la collaboration, qui s'était ruée à la manutention et dont la colère avait redoublé en découvrant que les Allemands avaient inondé d'essence ce qui restait là de farine. En haut de notre grande rue Saint-Guillaume, la librairie de campagne allemande n'avait pas échappé au pillage. Les vitres en avaient été brisées à coups de pavés et tout ce qu'elle contenait détruit, déchiré, jeté dans la rue, les livres aux couvertures criardes, les piles de *Mein Kampf*, les affiches aux croix gammées, les portraits géants de Hitler et de Göring, tout avait été piétiné, jeté ou emporté. La rue était jonchée de débris de verre et de livres déchirés. A côté, sous un balcon, les portraits de Hitler et de Laval comme à la potence.

Devant une imprimerie où l'on faisait queue pour acheter du papier de couleur et en faire des drapeaux, soudain, venant du jardin public, une rafale de mitraillette. Des Allemands ? Des francs-tireurs ? Qui ?

Tout l'après-midi on avait entendu des explosions et des tirs de mitrailleuse. Un combat avait eu lieu route de Paris entre des patriotes et des éléments russes : les Vlassov. Au port se trouvaient encore quatre vedettes rapides venues de Saint-Malo. De nombreux éclatements se firent entendre du côté du port. On disait que cinq cents Allemands étaient encore par là et aussi que les écluses devraient sauter dès que les vedettes auraient repris la mer quand la marée serait haute.

116

Du tertre Aubé d'où on domine le port et la baie, à neuf heures du soir j'avais vu flamber les installations allemandes sur la côte. Elles flambaient à grandes flammes claires dans la tombée du soir. La marée étant haute, j'avais vu l'une des quatre vedettes s'engager dans le chenal.

Ces images qui me revenaient à la mémoire s'y présentaient dans la plus grande confusion, sans aucune suite, parfois même sans aucun rapport les unes avec les autres, comme des bouts de rêves, et je n'aurais pas su dire quel jour, ni où, dans quelle rue, sur quelle place j'avais assisté à tel ou tel événement, ni pourquoi j'avais été frappé de certains détails apparemment sans grande importance mais dont j'avais su tout de suite que je ne les oublierais jamais. Tout ce dont j'étais certain, c'est que les Allemands n'étaient pas partis le jour même où ils avaient commencé leurs destructions, et que ce jour-là, les troupes américaines étaient encore loin de faire leur entrée en ville. Il s'en était fallu encore de trois jours après le départ des Allemands, trois jours pendant lesquels des éléments russes tiraillaient encore aux abords de la ville et refusaient de se rendre aux forces de la Résistance.

Tout cela était déjà du passé. Aux scènes de colère et de pillage des premiers moments avait succédé une atmosphère de fête, de liesse, de drapeaux partout aux fenêtres et sur les monuments, de chansons et de danses à travers les rues. La foule était dehors, tantôt acclamant un camion chargé de jeunes hommes aux bras nus armés de fusils et de mitraillettes, qui passait à toute allure, tantôt, au contraire, poussant des clameurs de haine au passage d'un homme entre deux agents de police qu'on emmenait menottes aux mains à la prison. On arrêtait, on perquisitionnait, on tondait des femmes. Ici et là, dans les anciens locaux de la Kommandantur surtout, devenus une permanence du Front national, étaient exposés d'horribles documents : des photos des charniers qu'on venait de découvrir, d'horribles images de jeunes hommes et de jeunes femmes emmenés dans les bois et massacrés à coups de pioche, de pelle, brûlés, déchirés comme par des bêtes, des images des camps de prisonniers, d'autres images de femmes que l'on voyait boire le champagne en compagnie de soldats allemands. Des attroupements se formaient, on criait à la vengeance. Sur le Champ-de-Mars d'énormes tas de papiers achevaient de brûler lentement, il s'en échappait des fumées : les archives de la Kommandantur auxquelles les Allemands avaient mis eux-mêmes le feu avant de partir.

C'était ça l'Histoire, les grands moments de l'Histoire, des souvenirs, déjà ! Des images. L'image d'un portrait de Hitler, piquée sur le tronc d'un arbre, salie, crevée par endroits, portant en travers, en rouge à lèvres, une croix de Lorraine, et en bas, toujours en rouge, l'inscription : « Les Allemands sont vainqueurs sur tous les fronts. » Les gens passaient, souriaient, haussaient

les épaules, crachaient sur la photo. D'autres éclataient de rire.

La photo tombe, le vent l'emporte, la voilà étalée sur le trottoir. Un homme s'arrête, il semble réfléchir, puis, le nez en l'air, il s'essuie les pieds sur la photo. Autre image : celle d'un marin français, dans les bottes d'un marin allemand, tenant dans sa main le bonnet de l'Allemand dont les rubans flottaient...

A l'Espérance est assis près de moi le vieux père Charbonnier qui veut à toute force me faire lire la dernière lettre de son fils qui depuis décembre 1942 travaille en Allemagne. Je refuse. Il insiste. Je finis par prendre la lettre et je fais semblant de la lire. Et je la lui rends.

— Hein ? fait-il — hein, vous avez vu ? C'est mon meilleur !

Il veut montrer la lettre à tout le monde.

— Qu'est-ce que c'est ? Une lettre de votre connaissance ?

— Non : une lettre de mon fils qui travaille en Allemagne depuis 1942. Et avant Noël, qu'il est parti, c'est ce qui m'a fait le plus de chagrin.

Au fond de l'auberge un grand diable d'une bonne soixantaine d'années, très ivre, debout devant le comptoir, jette par terre la monnaie que lui rend la servante.

— Ramasse ! fait-il, d'une voix bien pâteuse. C'est pour toi. Les sous je m'en fous. Ramasse !

Cela fait rire tout le monde.

— Père Morin, dit la servante, tout en ramassant les sous, votre fille vous attend.

Le vieux raffermit sa casquette. Il fait devant son nez le geste vague de qui chasserait une mouche.

— Ramasse toujours!

Elle ramasse les sous. Mais le père Morin veut se faire servir encore un verre. Le dernier. Elle ne veut pas. Ils se disputent. Personne ne s'intéresse plus à eux. Personne ne s'intéresse non plus à la lettre du père Charbonnier qui la replie tranquillement et la remet dans son portefeuille.

La servante a cédé. Elle a versé au père Morin un dernier verre qu'il a lampé d'un trait. Il a posé une poignée de sous sur le comptoir et il est parti.

Le père Charbonnier se penche vers moi.

— N'est-ce pas, me dit-il à l'oreille, qu'aujourd'hui, l'instruction ce n'est plus rien? Je vois bien ça, rien qu'aux devoirs qu'on donne aux gosses... plus rien du tout...

Un jeune homme passe devant l'auberge en sifflant *L'Internationale*. Quelqu'un se lève de table et demande s'il reste encore des patates. C'est Angelo, un Italien d'une quarantaine d'années. Il est venu travailler en France au moment où Mussolini faisait sa marche sur Rome. C'est un très bel homme, une sorte d'Hercule tranquille. Il vient de la région de Venise. Il est manœuvre.

— Plus de patates?

— Non, Angelo, lui répond la servante en souriant.

— Alors, bon! fait-il en répondant au sourire de la servante par un sourire.

Et il s'en va.

Il paraît que toute la journée des tanks américains ont défilé en ville. Ils allaient vers Brest.

On a entendu du bruit et, comme la porte de l'auberge était grande ouverte, on a vu une voiture s'arrêter en plein devant, et tout un groupe de jeunes gens dont quelques-uns portaient des brassards tricolores sauter de la voiture. Ils étaient bien six ou sept. J'ai cru qu'ils allaient entrer, mais non. Deux d'entre eux se sont engouffrés dans le couloir à côté de l'auberge, on les a entendus monter en courant. Les autres attendaient en bas.

Tout le monde est sorti de l'auberge. On a entendu des petits cris comme des cris de lapin, et les types son redescendus à toute vitesse. On les a vus reparaître poussant devant eux une fille. L'un des types qui attendait est entré dans l'auberge, il a pris une chaise, il est venu la poser sur le trottoir, contre le mur. Ils ont fait asseoir la fille : vingt et quelques années, une petite bonne d'auberge toute menue. L'un des jeunes gens lui maintenait la tête baissée et, avec une grande paire de ciseaux, il a commencé à tailler à grands coups dans sa chevelure.

Un autre se tenait tout près, une tondeuse à la main.

L'une des jambes de la jeune fille tremblait si

fort qu'on aurait dit qu'elle pédalait. Autour d'elle, les gens rient et plaisantent.

— T'en fais pas ! Elle sera au bordel avant deux mois d'ici.

— Tremble donc pas comme ça !

— Tu tremblais pas comme ça quand tu faisais l'amour avec les Boches.

— Coupe-lui les cheveux bien ras.

— I fait ça comme un vrai coiffeur, mon vieux.

— Moi, je sais bien me servir d'un revolver, mais pas d'une tondeuse.

Elle se laisse faire, elle penche la tête à droite, à gauche, obéissant docilement à la main qui la pousse. Les mèches brunes s'éparpillent autour de la chaise. Son genou tremble toujours autant.

Elle murmure quelque chose si bas que le type aux ciseaux suspend sa besogne et se penche à son oreille.

— Hein ? Qu'est-ce t'as à râler ? Tu diras au capitaine qu'on s'en fout, tu lui diras qu'on l'emmerde.

Tous les autres éclatent de rire.

— On l'emmène faire un tour ?

En entendant cela la petite bonne a fait un véritable bond.

— Reste donc tranquille ! crie l'homme aux ciseaux en lui posant une main sur l'épaule.

— On l'emmène ?

— Sais pas... On va voir. Bouge pas, nom de Dieu !

— Allez ! allez ! Ça va ! Lui fais pas trop de mal.

— Je suis pas là pour lui faire du mal, je suis là pour lui faire honte. Hein ? T'avais pas pensé à ça ? Attends ! C'est pas fini. Un petit coup de tondeuse à présent. Passe-moi la tondeuse !

Il prend la tondeuse des mains de son aide toujours debout près de lui et il lui donne les ciseaux. Dans ce qui reste de cheveux il trace une croix de Lorraine. Puis il se redresse en disant :

— Voilà ! T'es belle ! Lève-toi ! Monte sur la chaise !

Comme elle ne répond ni ne bouge, il répète l'ordre deux fois. En jurant.

— Bordel de Dieu !

... Elle parvient à monter sur la chaise juste comme il la menace de lui donner un coup de main. Elle se tient toute droite avec un sourire étrange et pas de regard. Sa tête rase grotesque et terrible.

— Crie : Vive la France !

Elle essaie. C'est à peine si ses lèvres remuent.

— Plus fort que ça !

— Vive la France !

— Crie : A bas les Boches !

Elle crie comme elle peut.

— A bas les Boches !

— Et maintenant applaudis !

On dirait qu'elle n'a pas compris, le cercle des types se rapproche.

— Applaudis, nom de Dieu, ou on t'emmène...

Elle frappe deux fois dans ses mains sans que cela fasse aucun bruit.

— C'est bon! Fous le camp! Et pas de perruque!

Elle saute en bas de la chaise et s'engouffre dans le couloir. Les types sautent dans l'auto et disparaissent.

Plus rien que la chaise le long du mur et par terre aux pieds de la chaise les mèches brunes comme des plumes d'oiseaux que le petit vent du soir commence à disperser.

En arrivant au bureau j'ai trouvé sur une table toute une série d'objets multicolores, et Michel, c'est le jeune employé avec qui je partage ce bureau, m'a dit :

— C'est pour vous.

C'était toutes sortes de boîtes aux couleurs vives, les unes en carton, les autres en fer : du riz, du cacao, du tabac, des cigarettes, du chewing-gum, du Nescafé, des bonbons...

— C'est un Américain qui vous a apporté ça...

Au portrait que Michel m'en a fait, j'ai reconnu Joe.

— Il vous a aussi laissé un billet...

Le billet de Joe était pour m'informer qu'il retournait aujourd'hui même au hameau chercher la mère et la fille pour qu'elles assistent, en qualité de témoins, au procès du meurtrier. Puis Michel s'est mis à me raconter qu'il est allé à la fête, hier soir. C'était très bien. Il y avait foule. Il y avait vingt musiciens au moins sur le kiosque abondamment pavoisé. Ils avaient joué les hymnes nationaux en commençant par l'hymne américain, ensuite le *God save the King*. Michel avait été très surpris : il s'était attendu à *L'Internationale*, en l'honneur de l'Armée rouge. Au lieu de *L'Internationale*, l'orchestre avait joué *Les Bateliers de la Volga*. Après *Les Bateliers de la Volga*, une belle jeune fille était montée sur le kiosque — elle tenait un drapeau tricolore et, s'enveloppant dans les plis du drapeau, elle avait chanté *La Marseillaise*. Toute l'assistance avait repris en refrain, les hommes découverts, les militaires au garde-à-vous. Michel avait remarqué dans la foule deux officiers de la Royal Air Force. Il avait vécu là un grand moment. Il s'en souviendrait toute sa vie.

M'ayant raconté cette soirée, Michel m'a appris qu'il allait bientôt se marier. On pouvait bien penser à se marier, maintenant que c'était fini ?

Pourquoi pas ?

De quoi Michel s'occupe-t-il au bureau ? Il ne me l'a jamais dit et je ne le lui ai pas demandé. Des gens viennent le voir, il leur fait remplir des papiers et les renvoie à un autre bureau.

... Un officier américain est entré et j'ai tout de suite vu qu'il n'était pas de trop bonne humeur. C'était le « town major », autrement dit le commandant de la Place, un petit bonhomme pas très jeune, sec, plutôt bougon. On lui avait dit qu'il trouverait ici un interprète. Il voulait visiter le terrain d'aviation.

— Êtes-vous l'interprète ?

— Oui.

— O.K. !

Nous sommes partis en jeep. Arrivés au terrain d'aviation, des types nous ont fait de grands signes avec les bras.

— Arrêtez !

On s'est arrêtés. Les types nous ont dit de faire bien attention à ne rouler que sur les pistes.

— A part les pistes, les Boches ont miné partout avant de partir. Dis ça à ton Ricain.

J'ai dit ça au commandant de la Place. Il m'a répondu qu'il s'en foutait. Nous avons roulé partout à tort et à travers. On n'a pas sauté. Et on est repartis. Là-dessus, le commandant de la Place m'a demandé si je pouvais l'aider à trouver un cheval.

— Je veux un cheval !

Je l'ai conduit à la caserne. Je verrais là le commandant Pierre.

A la caserne, c'était plein de F.T.P. et de prisonniers allemands. Les prisonniers balayaient la cour. J'ai demandé le commandant Pierre et il est arrivé avec l'air d'un homme qu'on dérange. J'ai fait les présentations. Les commandants se sont salués.

— Il veut un cheval.

— Qu'est-ce que tu me racontes ? Un cheval ?

Où voulait-on qu'il trouve un cheval ?

Le commandant de la Place veut un cheval. Il lui faut un cheval. Il a l'habitude de monter à cheval tous les jours. Ici, il n'y a pas de cheval. Il n'est pas venu des États-Unis ? Alors ?...

129

Le commandant Pierre a fini par promettre de lui trouver un cheval et de le lui faire amener le lendemain matin.

— O.K.!

Le commandant de la Place m'a reconduit jusqu'à la porte de la mairie. Avant de nous quitter il m'a demandé pourquoi nous avions tant de partis politiques en France? En Amérique ils n'en ont que deux...

Quelqu'un m'attendait au bureau : la sœur de mon ami Bertrand. C'est une demoiselle dans la trentaine, très faible, très douce, sans défense, gracieuse, très fine de traits, très mince de corps avec des cheveux châtains et des yeux bleus. Pas riche, après l'avoir été.

Elle venait m'apprendre qu'on avait arrêté son frère le matin même. Deux hommes se sont présentés chez eux de bonne heure. Ils venaient chercher Bertrand pour l'emmener au camp de Langueux. Bertrand s'est laissé emmener sans protester. On ne l'a pas brusqué. Les policiers lui ont recommandé d'emporter une couverture.

Les larmes aux yeux elle acheva en disant :

— On nous avait pourtant promis...

Certes oui! J'en pouvais d'autant mieux témoigner que c'était à moi qu'on avait fait cette promesse que j'avais été chargé de lui transmettre. Il n'y avait pas trois jours de cela. Et qui m'avait fait cette promesse? Le président du Comité de Libération lui-même, M. Avril, autrement dit Tonton, comme on l'appelait dans la clandestinité et comme nous étions encore quelques-uns à l'appeler.

— Dis à Bertrand qu'il peut être tranquille...

J'entendais encore Tonton me dire cela, en le quittant, et ajouter que je pouvais informer Bertrand. Que s'était-il passé? Tonton était un homme de parole.

J'ai promis à la sœur de Bertrand de retourner ce matin même à la Préfecture, j'espérais revoir Tonton tout de suite.

— Rentrez chez vous. Je vous ferai savoir ce que m'aura dit Tonton — mais sachez en attendant qu'il ne peut s'agir que d'un malentendu.

Dans l'antichambre de Tonton à la Préfecture c'était plein de gens silencieux qui tous venaient là pour plaider leur propre cause ou celle de quelque parent emprisonné, d'amis, de suspects. Une vieille coquette de bonne bourgeoisie toute décharnée, en demi-deuil, avec de grands yeux noirs derrière une voilette à pois, se tenait tout debout dans un coin près d'une fenêtre — une bonne et riche bourgeoisie en d'autres temps très fière, qui venait là, je le savais, pour son fils arrêté la veille. Pourquoi restait-elle debout? Elle était la seule. Tous les autres étaient assis.

Je les connaissais à peu près tous et je savais ce que chacun venait faire là. Un certain M. Delorme, par exemple, journaliste et conférencier, homme de théâtre à l'occasion, un homme de quarante-cinq à cinquante ans, avec sa figure d'intellectuel, très élégant mais assez gommeux, qui venait là lui aussi pour lui-même mais surtout pour son fils.

Quand je suis entré, les regards se sont levés sur moi mais aussitôt ils se sont détournés. Certains ont esquissé un petit geste vague comme pour me dire bonjour. Il n'est pas toujours facile de se sentir du bon côté. L'huissier ne m'a pas demandé de remplir la fiche d'usage. Il m'a fait un petit clin d'œil et il est entré dans le cabinet de Tonton. Un instant plus tard il est revenu et il m'a ouvert la porte. J'ai traversé l'antichambre sans regarder personne. Tonton était à son bureau. Christian, François et Lavoquer étaient là. Ils étaient tous les trois autour d'une table penchés sur des papiers, Lavoquer assis devant la table, Christian et François debout.

— Qu'est-ce qui t'amène ?

— Bertrand. On l'a arrêté ce matin.

— Quel Bertrand ? s'est récrié Lavoquer. Ce petit salaud-là ! Toujours fourré avec les Boches.

— Attends ! a dit François. Voyons d'abord s'il est sur la liste ?

Ils étaient justement occupés à regarder une liste de suspects. On arrêtait trop de monde, pensait Tonton. Il fallait en faire relâcher le plus possible.

— Bien sûr qu'il est sur la liste ! dit Lavoquer.

— Alors, raye-le ! répliqua Tonton. Et toi, continua-t-il en s'adressant à moi, comment as-tu appris cela ?

— Sa sœur est venue me trouver.

— Tu vas dire à sa sœur que je m'en vais moi-même m'occuper de cela. Je verrai bien si on s'est foutu de moi. J'ai téléphoné au commissaire tout de suite après t'avoir vu. Il m'a pourtant bien promis...

— Bon, je le raye, dit Lavoquer... Mais quand même, des gens qui souhaitaient la victoire de l'Allemagne...

— Il nous a rendu de grands services, dit Tonton. Demande un peu à Pierre. Raye-le.

Il barre le nom de Bertrand. Je n'ai plus qu'à m'en aller.

— Attends, me dit Christian. Il faut que tu viennes avec moi faire un tour à l'Office du Travail. Je voudrais que nous examinions les papiers de Routier. Il y a aussi des photos. Tout ça, il faut qu'on l'examine, et ses registres. Ah, aussi, à propos de Bertrand, va donc voir Gaubert.

Gaubert est un inspecteur de police et un bon résistant.

L'huissier introduit M. Delorme, le journaliste et conférencier. M. Delorme se met tout de suite à crâner.

— Mais, monsieur, avant la guerre, dit-il, j'ai fait des conférences contre les Allemands.

A quoi Christian lui répond que c'est bien possible, mais que cela n'a rien à voir avec son attitude depuis, ni avec le fait que son fils est allé en Russie combattre pour Hitler, dans les rangs de la Légion des Volontaires français.

— Venez donc avec moi au Front national. Vous vous expliquerez mieux.

... En sortant j'ai revu la vieille coquette toujours debout, raide comme une ancienne poupée dans une vitrine d'antiquaire. Elle aurait bien pu s'asseoir sur la chaise que M. Delorme venait d'abandonner. Peut-être ne le voulait-elle pas?

Ensuite, je suis passé voir l'inspecteur Gaubert.

— Tu sais qu'on a arrêté Bertrand ce matin?

Il ne le savait pas.

— Malgré la promesse de Tonton?

Il a haussé les épaules.

— C'est bien simple, m'a-t-il répondu. Personne n'aura pensé au mandat d'arrêt qui continuait à faire son chemin. C'est ce petit bout de papier qu'il faut annuler... Sois tranquille. Je m'en charge. Bertrand sera chez lui sans tarder.

Là-dessus, il s'est mis à raconter qu'il n'en pouvait plus. Jour et nuit il est en enquête.

— Tiens! Encore ce matin, je suis allé interroger une femme. Une drôle d'affaire — mais c'est pas la question —, une heure que j'ai passé à l'interroger. La vache! Je suis pas arrivé à la faire pleurer!...

On aura beau dire : Un flic est un flic...

En arrivant à l'Espérance, j'ai vu que la chaise n'était plus sur le trottoir et qu'on avait balayé jusqu'à la dernière mèche de cheveux. A table il ne s'est pas dit grand-chose sur la petite tondue d'hier au soir, sauf que personne ne l'avait revue depuis.

On dit que Saint-Malo est tombé mais que la ville serait en flammes. A Brest et dans la région de Lorient, de forts contingents allemands organisent leur résistance. Quimper et Vannes auraient été libérés par les forces françaises. Les Américains seraient à Nantes, à Angers, à Chartres, qu'ils auraient dépassé. Ils seraient à moins de soixante-quinze kilomètres de Paris. En attendant le canon tonne toujours tout près d'ici, dans les parages du cap Fréhel où, dit-on, se défendent encore de petits détachements d'Allemands. En ville, c'est toujours la même rumeur, les mêmes défilés de tanks, de voitures, de camions. Un camion chargé de F.T.P. file sous les acclamations de la foule en saluant de deux doigts écartés : Victoire !

Dans une rue presque déserte, j'ai vu un petit rentier arrêté devant une boutique fermée. Au fronton de la boutique, en grandes lettres, le nom du propriétaire : Arthur Weber, antiquaire, et sur les volets de bois, une large inscription à la craie : « En fuite. »

Le petit rentier est planté là devant, sa canne à la main, un petit rentier d'autrefois. Soixante à soixante-cinq ans, des souliers jaunes à guêtres beiges, un pantalon rayé, un veston noir, le gilet de même, avec la chaîne de montre d'une poche à l'autre, un col dur et une cravate bleue. Tout cela très propre. Un chapeau de feutre gris. Des manchettes. Et la figure rougeaude un peu plate, une grosse moustache et la barbichette.

— Moi d'abord, dit-il en me voyant, ça ne me dit rien, un nom comme ça — il me montre l'enseigne avec sa canne. En voilà un qui a profité!

Une femme s'est arrêtée à regarder. Une femme en cheveux.

— Mais, dit-elle, on ne sait pas! Qu'est-ce que ça veut dire, un nom?

Le petit rentier se retourne vers elle, furieux, et la femme s'en va.

— Vous l'avez entendue? Enfin! Je respecte son sexe. Mais moi, monsieur, je n'ai pas l'honneur de vous connaître, je suis un petit rentier. J'étais dans les vins. Représentant. Alors, vous comprenez! Ma femme me disait : allons! vends encore ceci, vends encore cela... Et pendant ce temps-là les autres... et il faudrait avoir pitié? Cré nom de Dieu!

Il est parti à grandes enjambées la canne haute.

Ainsi qu'il me l'avait promis, Christian est venu me chercher vers quatre heures de l'après-midi au bureau de la mairie, pour la visite que nous devions faire ensemble à l'Office du Travail. Il m'a d'abord appris, ce qu'il n'avait pas eu le temps de me dire ce matin, que Routier, dont nous allions voir les papiers, était arrêté depuis quatre jours et qu'il serait jugé régulièrement.

Nous sommes montés dans une très belle voiture officielle, la voiture de Tonton, conduite par son chauffeur, voiture et chauffeur qui, il y a un peu plus de huit jours, étaient la voiture et le chauffeur du préfet de Vichy.

... Nous sommes entrés dans l'ancien bureau de Routier, Christian a pris un registre dans une armoire et il l'a ouvert sur une table en disant :

— Qu'est-ce que tu dis de ça ?

J'avais sous les yeux une espèce de grimoire

illustré de dessins à la plume, on aurait dit des dessins d'enfant, figurant des châteaux forts, des chevaliers en armure, des soldats. J'ai feuilleté le registre... c'était partout la même chose. Le grimoire, apparemment indéchiffrable, était d'une écriture appliquée en lettres gothiques. Les listes de noms, aussi en lettres gothiques. Ici et là, des coupures de journaux allemands collées, des portraits de généraux nazis.

— Alors, tu vois ? Un vrai cinglé.

— Oui, je vois...

— Et c'est un cinglé pareil qui donnait dix Français par jour à Hitler pour le service du travail obligatoire !

Il a remis le registre dans l'armoire et nous sommes partis.

Vers six heures du soir, les lieutenants Stone et Bradford sont revenus me trouver. C'est le lieutenant Stone qui m'a exposé le but de leur visite. Si je le voulais, je pouvais partir avec eux en qualité d'interprète officiel. Je serais attaché à l'État-Major. Mais il fallait se décider tout de suite. L'État-Major allait quitter la ville. Joe pouvait venir me prendre pour m'emmener à Morlaix où l'État-Major séjournerait tant que l'affaire de Brest ne serait pas terminée.

— Maintenant, *it's up to you!* — Autrement dit : c'est à vous à décider.

J'ai répondu que je verrais M. le maire d'abord.

138

— O.K.! m'a répondu le lieutenant Stone. Joe passera vous voir demain.

Les lieutenants partis, je suis allé trouver le maire dans son bureau. J'ai vu qu'on avait remis en place, sur son socle, le buste de la République enlevé de là à l'arrivée des Allemands, le 18 juin 1940, cela faisait aujourd'hui quatre ans et deux mois passés. C'est le maire qui m'a fait remarquer le buste. Et alors, qu'est-ce qui m'amenait ? Je le lui ai dit. Il m'a répondu qu'il comprenait très bien, ajoutant que je rendrais sûrement plus de services auprès des Américains qu'en restant en bas, dans ce bureau, à bâiller.

Qu'ai-je fait ensuite ? Je me suis promené. Je suis allé m'asseoir un instant sur le banc, au rond-point, en attendant l'heure de retourner à l'Espérance.

Je me disais qu'il eût mieux valu refuser de partir avec les Américains. Je n'en avais pas envie. Je ne me sentais pas fait pour ce qu'ils me demandaient. J'aurais dû rentrer chez moi et me remettre à mon travail, bien que doutant de pouvoir jamais le reprendre. Cela reviendrait peut-être un jour, mais il faudrait du temps. Je me sentais étranger à moi-même et à tout, accablé par le sentiment de l'inutilité de toutes choses.

Un peu plus tard, après mon repas, en sortant de l'Espérance, j'ai été le témoin d'une scène violente.

Sur un boulevard, un attroupement s'est formé. Deux hommes viennent d'arriver devant une maisonnette bien modeste précédée d'un jardinet que ferme une grille. L'un des deux hommes, le plus jeune — vingt ans —, est resté devant la porte de la grille dont il barre l'entrée de ses deux bras en croix. Il est en corps de chemise, les manches retroussées jusqu'aux coudes, coiffé d'un vieux casque de Verdun. Il rit. L'autre — quarante ans — a gravi les quelques marches qui conduisent au perron devant la porte de la maisonnette. Il frappe à grands coups de poing à cette porte. Personne ne répond. Sur le boulevard, l'attroupement grandit. L'homme, fou de rage, se penche à droite pour frapper aux carreaux de la fenêtre. En bas, l'autre continue à rire.

D'un seul coup la porte s'ouvre et apparaît un homme d'une cinquantaine d'années, grand maigre en bleu de mécanicien, cheveux blancs, casquette. Quelqu'un dans la foule dit tout bas :

— Le père!

— Alors, t'es sourd? crie le type furieux.

A quoi l'homme en bleu de mécanicien répond tranquillement que non. Et l'autre lui demande :

— Alors, ousqu'elle est?

Là-dessus, silence. Sans se retourner le père tire la porte et la referme, reste planté devant l'autre.

— Qu'est-ce que tu lui veux?

L'homme devient plus furieux encore. Il gueule :

— Tu sais pas ce que je lui veux? C'est une

salope. Elle a collaboré. Je viens l'arrêter. Ousqu'elle est?

— Minute! Minute!

— Ah? Minute? Attends un peu!

Il met la main à sa poche. Il va sortir un pistolet.

— T'es pas fou? dit le père. Sans blague!

— Je compte jusqu'à trois!

— T'es pas dingo?

— Un!

— Tu rigoles?

— Deux!

Le père se tourne vers les gens qui regardent.

— Vous laissez faire ça?

Personne ne bronche.

Le père détourne la tête et reste debout devant la porte en attendant que l'autre compte trois. Il a sorti son pistolet.

— Laisse-moi entrer. T'as intérêt. Je te répète qu'au bout de trois...

Mais là, coup de théâtre. La porte s'ouvre brusquement et apparaît une grande belle fille brune bien plantée, dans les vingt-cinq ans.

— Alors? Vas-y! dit-elle. Compte jusqu'à trois. Qu'est-ce que tu attends?

La tête d'une vieille femme se montre dans l'entrebâillement de la porte : la mère. Elle tire sa fille par la jupe.

— Rentre! T'es pas folle? Veux-tu rentrer!

Le type au pistolet et le père se regardent aussi interloqués l'un que l'autre.

— Ah! bon! fait le père. C'était pas la peine que je m'donne du mal!

— Alors quoi! dit la fille, vous voulez me tuer?

L'homme au pistolet ne sait pas quoi lui répondre.

La mère tire toujours sa fille par sa jupe. La fille se retourne.

— Toi, fous-moi la paix!

La mère la lâche et s'en va. Le père regarde encore une fois les gens et dit :

— Vous feriez mieux de rentrer chez vous!

— Penses-tu! se récrie la fille, ils aiment ça. Dites donc, reprend-elle en s'adressant au furieux : vous avez des ordres?

Le pauvre idiot répond que non. Le père se tape sur la cuisse.

— Ça, c'est le bouquet. Pas d'ordres!

Mais l'autre s'écrie qu'il aura des ordres demain, et d'ici là personne ne doit quitter la maison.

— Compris?

Le type descend du perron son pistolet toujours à la main. Avant d'arriver en bas il se retourne et dit à la fille :

— Parce que tu n'es qu'une sale putain!

— Pas pour toi, tu le sais bien! lui répond-elle en tirant son père à l'intérieur de la maison.

Elle fait claquer la porte derrière eux. En bas le jeune casqué, toujours les bras en croix, continue à se marrer. Avant de s'en aller avec son copain, il crie à tous les assistants :

— Caltez!

Ils sont revenus dans la nuit mais ils se sont trompés de porte. Ils ont cogné et frappé chez les voisines, deux vieilles filles qui mouraient de peur. N'obtenant pas de réponse ils ont enfoncé la porte et, reconnaissant leur erreur, ils sont passés à côté. Mais celle qu'ils cherchaient et les parents s'étaient enfuis à travers les jardins. Ils ont demandé assistance à un voisin qui a refusé. Le père, la mère et la fille ont passé la nuit dans un abri, et finalement ils se sont rendus aux autorités.

On a appris hier qu'après quatre jours de combats Paris est libéré. D'autre part, on annonce la prise de Vichy par les Forces françaises de l'Intérieur. La progression des armées alliées débarquées dans le Sud se poursuit. Les Américains sont à Lens...

... Ce matin, en arrivant à la mairie, j'ai trouvé Joe qui m'attendait. Il essayait d'expliquer quelque chose à Michel, mais comme ils ne parvenaient pas à se comprendre ils riaient tous les deux.

Ce que Joe aurait voulu savoir c'était pourquoi il y avait tant de partis politiques en France. Aux États-Unis, ils n'en avaient que deux. C'était la question que m'avait posée le town major. J'ai traduit la question à Michel. Il a éclaté de rire en levant les bras au ciel. Pourquoi tant de partis ? Il n'en savait rien. Il ne se l'était jamais demandé. C'était comme ça. Et j'ai répondu à Joe que la question était assez difficile à expliquer.

— *Well !* C'est le lieutenant Stone qui m'envoie.

— Je sais. Il est venu me voir hier soir avec le lieutenant Bradford.

— Oui, je sais. Et maintenant vous savez que le procès aura lieu demain ou après-demain. Alors je suis venu vous chercher pour vous emmener. Il paraît que vous devez voir le maire ?

— Je l'ai vu.

J'étais tout aussi irrésolu que la veille. Je n'en ai pas moins répondu :

— O.K., Joe.

La jeep était devant la porte.

— O.K., Joe !

Il a embrayé.

Le voyage nous a pris à peu près une heure. Joe n'a pas dit grand-chose. Il faisait très beau. Arrivés

144

en ville, Joe s'est dirigé tout droit vers le collège, où l'État-Major était déjà installé. La cour de devant était pleine de soldats allant et venant et, dans l'autre cour, derrière les bâtiments, se trouvaient les garages et les voitures des transmissions.

Bill ne devait pas être bien loin.

C'est dans cette cour que Joe s'est arrêté. En me retournant, une fois descendu , j'ai vu qu'il y avait encore une autre cour, dans le prolongement de celle-ci, les deux cours étant séparées par des barbelés, le long desquels des hommes de la police militaire armés de carabines montaient la garde.

A ce moment-là des avions sont passés très bas. Un instant plus tard, on a entendu éclater des bombes. Joe a regardé le ciel, haussé les épaules et allumé une cigarette.

— Brest! m'a-t-il dit en me regardant par-dessus son allumette qu'il a jetée après l'avoir soufflée.

— Qu'est-ce que c'est ici, Joe? La prison?

— Sûr que c'est la prison. Y a qu'à voir les barbelés et les M. P.

Derrière les barbelés quelques prisonniers jouaient à se lancer des balles. Ils portaient tous des chaussures sans lacets. Aucun n'avait de veste. Presque tous des hommes de couleur.

— Ce n'est pas une prison spéciale pour les hommes de couleurs, dites, Joe?

— Non. C'est la prison.

— Et ils jouent à se lancer des balles?

— Pourquoi pas? Vous savez, c'est là qu'il est, le meurtrier du père de la fille. Plaidera coupable.

— Et alors?

— Il sera pendu.

Personne ne pouvait le sortir de là. Joe a tiré une grosse bouffée de sa cigarette et il est parti en répétant :

— Sûr que c'est la prison!

Il s'est retourné pour me désigner du doigt les deux lieutenants qui arrivaient à ma rencontre.

— Hello!

— Hello!

— A propos, m'a dit le lieutenant Stone en me serrant la main, mon nom est Robert. Appelez-moi Bob, comme tout le monde.

— Et mon nom à moi est William, m'a dit le lieutenant Bradford en me tendant la main à son tour. Appelez-moi Will.

— Et vous, comment vous appelle-t-on?

— Louis.

— O.K., Louis...

Tout cela très cordial, léger, de bonne humeur.

— Et c'est ici que vous avez votre prison pour les hommes de couleur?

Ma question a fait sursauter le lieutenant Stone — c'est-à-dire Bob.

— Oh! Louis! Qu'allez-vous imaginer!

Cette prison était pour tout le monde. S'il y avait là surtout des Noirs, c'était qu'ils l'avaient bien voulu.

— Et on leur donna la permission de jouer?

— *Why not?* Pourquoi pas?...

— Je vais faire un tour, dit Will. Nous nous retrouverons au mess.

— O.K.! A bientôt, Will. Allons faire un tour aussi, dit Bob. Peut-être rencontrerons-nous Bill, il ne doit pas être bien loin.

Les voitures des transmissions étaient dans un coin de la cour. On les entendait bourdonner.

Bob s'était occupé lui-même des deux malheureuses femmes que Joe était allé chercher au hameau. Il les avait installées dans un hôtel qu'on lui avait désigné comme l'un des meilleurs de la ville. Je les verrais le lendemain au procès.

— A neuf heures demain matin. Le procès commence à neuf heures. Venez, Louis, je vais vous montrer la chambre où vous dormirez cette nuit.

Comment fait-il pour se diriger partout avec tant d'aisance à travers des lieux où il vient à peine d'arriver? Comme Joe à travers le moindre chemin de campagne? Il m'a fait prendre à droite, à gauche, monter un escalier, en descendre un autre, sans la moindre hésitation. S'il poussait une porte, c'était toujours la bonne. Il n'a rien demandé à personne.

Nous avons rencontré partout beaucoup de monde. Les hommes se faisaient un petit clin d'œil en passant, ils se disaient un mot mais ne s'arrêtaient jamais à bavarder.

Nous avons traversé des bureaux, on aurait dit les bureaux d'une banque, ou d'une compagnie d'assurances, chacun assis à son poste, un petit carton devant lui annonçant son grade et sa fonction. Nous sommes arrivés dans un long couloir au deuxième étage du bâtiment principal. Bob a ouvert une porte et c'était encore la bonne.

Nous nous sommes trouvés dans une grande chambre très claire, les fenêtres étaient ouvertes. Il n'y avait personne. Des lits : cinq lits de pensionnaires, et cinq petites armoires en bois blanc. A la tête de chaque lit, sur une petite table, de grandes photos de jeunes femmes, dans leur cadre, sous leurs verres. Des cadres dorés ou laqués. Bob m'a dit qu'on allait faire monter un sixième lit pour moi. Sur le lit qui me serait destiné je trouverais trois couvertures dans lesquelles je n'aurais qu'à m'envelopper pour dormir. Bob a tiré d'une des armoires les trois couvertures d'un des occupants et m'a montré comment il fallait les enrouler autour de soi pour se trouver « parfaitement confortable ».

— Pratique, non ?

— Oui, Bob.

— O.K. !

Il a replié les couvertures et les a remises en place. Les voitures des transmissions bourdonnaient, en bas.

— Et maintenant, dit Bob, allons au mess. C'est l'heure.

Il n'était pas loin d'une heure de l'après-midi.

Le mess est installé dans le réfectoire du collège. Quand nous y sommes entrés, il y avait déjà là une centaine de personnes au moins et pas de place auprès du lieutenant Bradford. Will, qui nous a fait un clin d'œil. Nous sommes allés nous asseoir là où nous avons pu, l'un en face de l'autre, et, tout à coup, Bob, se levant, m'a fait signe de me lever aussi et de le suivre. C'était pour me présenter à des officiers qui tous ont été très gentils, cordiaux. Ils m'ont répété les uns après les autres, qu'ils étaient très heureux de me rencontrer. Le colonel lui aussi m'a serré la main, en me souhaitant la bienvenue.

Nous sommes retournés nous asseoir et nous avons mangé des saucisses, en buvant du chocolat. Il y en avait deux grands pots sur la table. Au cours du repas, Bob m'a raconté qu'il était de Boston, et qu'il exerçait la profession d'avocat. Une profession très intéressante et même agréable, sauf qu'elle ne lui laissait pas grand temps pour travailler son violon. Il était passionné de musique, et il s'était laissé dire par certains qu'il aurait encore mieux réussi dans une carrière de violoniste. Mais voilà! La vie en avait décidé autrement. Et si sa profession d'avocat lui avait toujours laissé trop peu de temps pour s'occuper de son violon, la guerre lui en laissait encore moins. Plus du tout. On n'emporte pas son violon à la guerre, n'est-ce pas? C'était une grande privation. Mais les choses marchaient très bien, très vite. Elles n'allaient plus durer. Après avoir défilé avec les troupes dans Berlin, il rentrerait chez lui.

— Et savez-vous une chose, fit-il en me regardant avec des yeux brillants, le jour où nous défilerons dans Berlin, je peindrai sur mon casque en lettres grandes comme ça : *Jude*...

C'était ce que j'avais entendu d'un autre, le soir où j'avais fait la connaissance de Bill.

Après le repas, nous nous sommes quittés.

— *Take it easy!* m'a dit Bob. Autrement dit : « Ne vous en faites pas. » On n'aurait pas besoin de moi jusqu'au lendemain matin.

J'ai vagué. Je me suis promené à travers les cours. En m'approchant de la grille, j'ai vu qu'il y avait devant la porte tout un groupe de jeunes gens qui bavardaient avec les soldats. Je me suis écarté doucement.

Les prisonniers derrière les barbelés continuaient à se lancer des balles. Je me suis encore écarté et je suis allé voir du côté des voitures des transmissions, si je n'apercevais pas Bill. Il n'y était pas. J'ai demandé où il était ?

— Bill ? Ah ? Bill ! Il est dans sa chambre, sûrement.

J'ai trouvé Bill dans une chambre qui en temps ordinaire devait être celle d'un surveillant. Il était là avec quatre autres jeunes hommes en train de ranger ses affaires. Toujours le même jeune colosse...

— Oh ! s'est-il écrié en me voyant. Quelle bonne surprise ! Oh ! Je ne savais pas...

Il a flanqué toutes ses affaires en vrac dans un sac qui bâillait devant lui et il m'a serré la main en répétant :

— Oh!

Il était bien content. Il avait des tas de choses à me dire. Alors? Je m'étais décidé? Les lieutenants Stone et Bradford avaient réussi à me convaincre? Oh! bravo! On allait avoir le temps de se voir et de bavarder.

Il m'a présenté à ses copains. L'un d'eux était allongé sur un matelas. Il ne dormait pas. Un autre lisait. Le troisième écrivait. Ils m'ont tous dit qu'ils étaient bien contents de me rencontrer et ils ne se sont plus occupés de nous. Celui qui écrivait a tout juste pris le temps de laisser sa plume une seconde en l'air pour me serrer la main et il s'est remis aussitôt à écrire. Bill m'a dit que ce type-là était toujours comme ça, il écrivait sans arrêt, dès qu'il avait un moment de libre, des pages et des pages, à sa fiancée, le portrait de la fiancée devant lui.

Bill m'a répété qu'il avait des tas de choses à me dire, malheureusement pas tout de suite parce qu'il allait redescendre pour reprendre son service. On se verrait plus tard. On avait le temps maintenant. En tout cas, c'était une sacrée vraie bonne chose que je sois là. Et alors oh! Très bien. Très bonne chose!

— Et vous savez tout va très bien et nous serons à Berlin dans un mois. Pas lieu de s'en faire.

Il me racontait tout ça en descendant les escaliers après avoir traversé un dortoir, où il y avait bien une quarantaine de types qui dormaient sur des matelas par terre.

Nous avons traversé sur la pointe des pieds. Personne n'a bougé. Il n'avait jamais vu de brassard comme celui que je portais et s'il pouvait se montrer assez hardi pour me demander ce qu'il signifiait?

Oh! quelque chose comme *Free French*! Oh, je ne savais pas. Vive de Gaulle! Est-ce ainsi que vous dites? Votre de Gaulle!

Bill n'avait pas l'air trop d'accord, mais ça n'avait pas d'importance pour lui, dit-il. Parce que Bill savait parfaitement à quoi s'en tenir et c'était l'évêque qui avait raison.

— Vous vous rappelez? Je vous ai parlé de notre évêque. « Mes garçons, si c'est pour conserver le monde tel qu'il est que vous allez là-bas, alors n'y allez pas! Mais si c'est pour le changer, alors allez-y! » Oh! Cet évêque est tout à fait un grand homme!

Lui, Bill, avait entendu ça de ses oreilles, et depuis il avait beaucoup réfléchi et plus il y pensait plus était convaincu que l'évêque avait raison.

Sûr! *By God*, on allait s'y mettre tout de suite après la victoire.

On s'est quittés devant les voitures des transmissions.

152

J'ai fait un tour en ville. Il y avait du monde plein les rues et des drapeaux partout, il faisait toujours très beau, si bien qu'on a été tout surpris quand tout d'un coup le ciel s'est couvert et qu'il s'est mis à pleuvoir. Je suis entré dans un café pour attendre. La pluie n'a pas duré très longtemps et aussitôt après le soleil est reparu encore plus resplendissant qu'avant.

Je suis reparti à travers les rues, et le temps a passé comme ça, jusqu'au moment où je suis rentré au quartier et là, comme j'allais franchir la porte, la sentinelle m'a hélé, en me demandant le mot de passe.

— *Password?*

Je n'avais pas le mot de passe. Pas une seconde je n'avais songé à le demander, et le lieutenant Stone, de son côté, n'y avait pas pensé non plus. C'était même étonnant, de la part d'un homme aussi ordonné.

J'ai répondu à la sentinelle que je n'avais pas le mot de passe.

— Qui êtes-vous? m'a demandé la sentinelle, en m'examinant avec une grande attention.

Je lui ai répondu que j'étais un interprète.

— Oh! Interprète?

— Oui.

A défaut du mot de passe, je pouvais lui citer les noms de quelques personnes... du lieutenant Stone, par exemple...

— Oh! Lieutenant Stone!

— Le lieutenant Bradford!

— Oh! Le lieutenant Bradford aussi!

— Oui. Bien sûr... et Bill, des transmissions!

— Bill! O.K.! Passez!

Il souriait très gentiment. En passant, j'ai encore cité le nom de Joe, le chauffeur, et là, l'homme de garde a éclaté de rire, et il m'a dit que ça suffisait comme ça.

Je suis passé. J'ai été voir dans la cour si la jeep de Joe s'y trouvait. Elle n'y était pas. J'ai appris que les lieutenants Stone et Bradford étaient partis avec Joe pour une nouvelle enquête. On ne savait pas quand ils rentreraient. Je suis reparti à travers les cours, en fumant ma pipe.

Dans la cour de la prison, derrière les barbelés, il n'y avait plus personne, exception faite pour les hommes de la police militaire qui continuaient à monter la garde.

Le soir est arrivé comme ça, et l'heure d'aller dîner au mess. J'y suis allé. Les lieutenants Stone et Bradford n'étaient toujours pas rentrés mais les quelques officiers auxquels le lieutenant Stone m'avait présenté au déjeuner m'ont accueilli très cordialement, et j'ai raconté à l'un d'eux l'histoire du mot de passe. Il a trouvé ça très drôle et il s'est mis à rire. Ensuite il m'a dit qu'il ne fallait pas plaisanter avec ces choses-là, surtout la nuit. Il m'a donné le mot de passe et conseillé de bien demander le lendemain au lieutenant Stone qu'il me donne celui du jour. Comme je devais le savoir, le mot de passe changeait tous les jours. C'était comme ça dans toutes les armées du monde.

Nous avons dîné. Des saucisses, les grands pots de chocolat et de Nescafé. Un très bon dîner. Ensuite, il n'y avait plus rien à faire et il était trop tôt pour aller se coucher. D'autant plus qu'après la petite pluie de l'après-midi le temps s'était rétabli fort beau et que la soirée s'annonçait comme douce.

Après les grilles de l'autre côté de la porte se trouvait une grande pelouse avec, au milieu, un très vieux chêne et, devant la porte, sur la pelouse et jusque sous le vieux chêne, des gens étaient rassemblés, toutes sortes de gens de tous les âges, pour voir les Américains, bavarder et s'amuser. Quelques soldats s'étaient mêlés à la foule. Les filles riaient très haut. Je suis allé m'asseoir dans l'herbe, sous le chêne, auprès d'un groupe de gens, assis de même bien tranquilles comme au village un soir de fête.

Après avoir passé là un bon moment je suis monté dans la chambre. La chambre était vide. Mais peu après est arrivé un grand jeune lieutenant blond-blanc d'une trentaine d'années avec des pommettes un peu fortes et des yeux très bleus un peu bridés. Il m'a salué par mon nom et j'ai compris que le lieutenant Bob l'avait prévenu.

— *Hello, Louis! Glad to meet you!*

Il était heureux de me rencontrer. Il m'a donné une poignée de main très vigoureuse et félicité. Je lui ai répondu que j'étais moi-même très heureux de faire sa connaissance et alors il m'a dit que son nom était Markov. Lieutenant Markov. Stephan Markov. Ses amis l'appelaient Stef.

Ces quelques mots échangés il a fait un demi-tour très militaire, il s'est approché de son lit. Il a ouvert la petite armoire en bois blanc, il en a sorti une tunique et une brosse et il s'est mis à brosser la tunique.

Un instant plus tard est arrivé un deuxième lieutenant, un type un peu plus jeune que Stef, un grand blond à lunettes d'allure assez fragile qui lui aussi m'a salué par mon nom et la petite scène des salutations s'est recommencée de point en point, pendant que Stef brossait sa tunique.

— Heureux de vous rencontrer, m'a dit le nouvel arrivant. Mon nom est Patrick Right.

— Heureux moi-même de vous rencontrer, ai-je répondu.

Et, là-dessus, il a commencé à se déshabiller, il s'est enroulé dans ses couvertures, allongé sur son lit et il a fermé les yeux tout de suite.

Les troisième et quatrième occupants de cette chambre sont arrivés ensemble, les lieutenants Robert Erikson et Gustavus Wilson.

— *Hello*, Louis... Mon nom est Gustavus Wilson. Appelez-moi Gus!

— *Hello*, Gus! Heureux de vous rencontrer.

— Et moi Robert Erikson. Appelez-moi Bob.

— *Hello*, Bob! Comment allez-vous?

Deux très bons types aussi, il n'y avait qu'à les regarder. Bob s'est mis à écrire une lettre. Gus est allé à la fenêtre pour fumer une dernière cigarette. Stef ayant achevé de brosser sa tunique l'a remise en place et il a sorti de l'armoire un pantalon qu'il s'est mis à brosser.

Pat ronflait déjà doucement.

Personne ne s'occupait de personne et, sauf le léger ronflement de Pat, on n'entendait que le fugitif glissement de la plume de Bob sur le papier et, bien entendu, le bourdonnement des voitures des transmissions.

Je n'ai pas attendu l'arrivée du cinquième lieutenant. Il était temps pour moi de me déshabiller et de m'envelopper dans mes trois couvertures selon la démonstration du lieutenant Stone. Ce que j'ai fait. J'allais très bien dormir ainsi comme un enfant emmailloté. On était mieux ainsi roulé dans trois couvertures que dans un sac de couchage. Il n'y avait plus qu'à fermer les yeux. Et c'est bien vrai qu'un homme qui s'endort ferme les yeux sur bien des choses...

Les nuits sont brèves au mois d'août. Quand je me suis réveillé le lendemain matin, il n'y avait plus que Stef dans la chambrée. Le pied sur une chaise, il brossait ses souliers.

— *Hello*, Louis! me cria-t-il, sans lever le nez. Bien dormi?

— *Hello*, Stef! Bien dormi et vous?

— Tout à fait bien, merci.

Toujours sans lever le nez, il change de pied. A l'autre soulier maintenant. Avec deux brosses.

157

J'ai fait ma toilette et je suis parti.

Au mess, j'ai retrouvé le lieutenant Stone, c'est-à-dire Bob. Nous avons pris quelques tasses de thé ensemble. Il paraissait soucieux. J'en ai fait la remarque et il m'a répondu que c'était toujours comme ça avant une audience.

— Sale métier !

La Cour martiale était installée dans la salle des fêtes. Un peu avant neuf heures, tout le monde était en place, y compris l'accusé : un chat. Un tout jeune chat : pas vingt ans. Un jeune chat gracieux, surpris, inquiet, avec ses grands yeux luisants, un chat triste debout entre deux colosses de la Military Police armés de carabines, tout seul. Un chat qui ne songeait même plus à bondir.

Les fenêtres de cette grande salle étaient ouvertes à deux battants et la lumière du matin arrivait partout. Au fond, derrière une longue table recouverte d'un tapis vert, étaient assis une dizaine d'officiers. Au centre siégeait le lieutenant-colonel Marquez, président de la Cour, un très bel homme dans la force de l'âge, très soigné. Sa tête était un peu grosse, sa forte chevelure très noire, son visage aux traits réguliers avait une expression peut-être d'ennui. Il tenait la tête un peu penchée, on eût dit qu'il regardait ses ongles et, quand il la relevait, c'était pour promener sur tout ce qui l'entourait un regard détaché. Il avait les yeux très bleus. Ses mains restaient croisées sur des papiers posés devant lui.

L'accusé se tenait sur le côté à droite, et non loin de lui, le lieutenant Bradford, son défenseur. A gauche, allant et venant, le lieutenant Stone, le procureur. Toujours à gauche, face à l'accusé, la table des sténotypistes. Au centre du prétoire face à la Cour une chaise, pour les témoins. C'est près de cette chaise que le lieutenant Stone me pria de me tenir.

Tant qu'il ne fut pas neuf heures personne ne prononça le moindre mot. On n'entendit rien que le bourdonnement désormais familier des voitures des transmissions, le passage d'une escadrille d'avions et quelques éclatements de bombes du côté de Brest.

A neuf heures exactement, le lieutenant-colonel Marquez a déclaré l'audience ouverte et il a donné la parole au lieutenant Stone. Les sténotypistes se sont penchés sur leurs machines : des silencieuses.

Le lieutenant Stone, qui ne tenait pas en place, a refait l'histoire de cette soirée horrible. Allant et venant, s'approchant de la Cour puis s'en écartant, et s'animant de plus en plus au fur et à mesure qu'il parlait, il a tout raconté, depuis la visite de la jeune fille au camp jusqu'au bruit des pas de l'accusé dans la cour de la ferme à la nuit tombée — la lumière qu'on éteint, le père et la mère poussant sur la porte, la hache qu'on ne trouve pas, et, finalement, le coup de feu !

— Rien ne peut excuser une action aussi horrible et lâche, il n'y a pas l'ombre d'une circonstance atténuante, tout le monde en est convaincu d'avance à commencer par l'accusé lui-même qui du reste a passé des aveux complets et plaide coupable...

Tout le monde écoutait sans faire le moindre bruit. Rien ne bougeait nulle part sauf les doigts des sténotypistes.

Le lieutenant-colonel Marquez, les mains toujours croisées sur les papiers devant lui, semblait toujours contempler ses ongles. A la fin le lieutenant Stone tira de sa poche un petit objet brillant comme un bijou qu'il éleva en l'air aux yeux de tous, dans un geste quasi liturgique. Tenant ce bijou entre le pouce et l'index, levant bien haut sa belle main de violoniste, il parcourut à petits pas toute la longueur de la table de manière que chacun des officiers pût bien voir.

— Voilà la balle!

L'accusé, toujours debout, plus immobile que personne, le même chat aux yeux effarés, tout seul, le seul Noir dans cette assemblée de Blancs.

Le lieutenant Stone a remis la balle dans sa poche et il s'est tu. Il a laissé se prolonger le silence puis il a demandé au président de faire introduire les témoins.

Les mains toujours croisées sur ses papiers, et la tête penchée, le lieutenant-colonel Marquez lève les yeux.

— Voulez-vous demander à l'interprète de lever la main droite?

Le lieutenant Stone s'est tourné vers moi. Il m'a demandé de lever la main droite.

J'ai levé la main droite.

— Voulez-vous demander à l'interprète, a repris le lieutenant colonel Marquez, qu'il jure de traduire selon la vérité les questions de la Cour aux témoins et les réponses de ces derniers à la Cour ?

— Jurez-vous, m'a demandé le lieutenant Stone, de traduire selon la vérité les questions de la Cour aux témoins et les réponses de ces derniers à la Cour ? Dites : Je le jure.

— Je le jure.

— Bien. Faites entrer le premier témoin, a-t-il ordonné à l'un des hommes de la Military Police.

L'homme est sorti et il est revenu avec la mère de la jeune fille. Il l'a conduite jusqu'à la chaise. Elle s'est assise, je suis resté debout près d'elle. L'homme de la Military Police s'est éloigné.

Dans un profond silence tous les yeux se sont tournés vers cette femme à la joue arrachée, tout en noir, qui regardait droit devant elle les mains dans son giron.

— Voulez-vous faire prêter serment au témoin ?

Question du lieutenant-colonel Marquez au lieutenant Stone, qui me la transmet.

J'ai traduit la question à la mère. Elle s'est levée. Elle a levé la main droite. Elle a juré de dire la vérité. Le lieutenant Stone l'a priée de se rasseoir. Ensuite, il s'est tourné vers moi.

— Et maintenant, demandez au témoin de dire, dans son propre langage...

Comme elle l'avait fait chez elle, de la même voix posée, au débit lent, égal, elle a recommencé le récit de cette effroyable soirée. Elle a raconté comment on avait entendu des pas dans la cour de la ferme et cru que c'était un voisin, comment la jeune fille ayant ouvert la fenêtre avait aperçu un soldat, comment elle avait refermé la fenêtre en hâte, éteint la lumière et comment le père avait verrouillé la porte. Elle a parlé des coups de pied dans la porte, des coups de crosse, de la hache que la jeune fille n'avait pas trouvée, et enfin du coup de feu dans la porte et de son mari écroulé à ses pieds le crâne enlevé. Puis elle s'est tue. Elle n'avait rien à ajouter. On n'avait pas de questions à lui poser. Elle pouvait se retirer. L'ordre en a été donné par le président.

L'homme de la Military Police l'a emmenée. Puis il est revenu avec la jeune fille, à qui on a demandé aussi de lever la main droite et de jurer de dire la vérité, rien que la vérité, toute la vérité. Elle a prêté serment. Le lieutenant Stone s'est tourné vers moi.

— Et maintenant demandez au témoin de dire, dans son propre langage...

La jeune fille a fait le même récit que sa mère. Ensuite, le président lui a fait poser des questions par le lieutenant Stone.

— *Ask the witness...* Demandez au témoin...

Il s'agissait de savoir si la jeune fille avait parlé au soldat noir, quand elle était allée au camp?

— Non.

— Donc... vous ne le connaissiez pas?

Voulait-on dire par là que peut-être elle lui aurait donné rendez-vous? Qu'elle l'aurait invité?

— Non! Oh non! non! s'est-elle écriée, en rougissant, très effrayée.

— Et, maintenant demandez au témoin si, à son avis, le jeune soldat était ivre?

— Non, a-t-elle répondu.

Puis elle a réfléchi. Elle a dit qu'elle ne savait pas.

— C'est bien. Vous pouvez vous retirer.

Les sténotypistes en ont profité pour prendre un instant de repos avant la plaidoirie du lieutenant Bradford. Toutes les mains des sténotypistes se sont levées en même temps et posées sur les machines, et le président, ayant annoncé que la parole était à la défense, toutes les mains se sont rabattues sur les touches.

La plaidoirie du lieutenant Bradford a été brève. Il n'a pas cherché à nier l'horreur du fait, ni à lui inventer des circonstances atténuantes. Il a plaidé coupable et fait savoir à la cour que le meurtrier regrettait profondément son acte. Les renseignements recueillis sur lui le montraient comme un bon et honnête garçon jusque-là, bien que de condition très modeste. Si horrible qu'elle fût, la chose affreuse dont il avait à répondre n'était qu'un accident. Il n'était pas un assassin, il n'avait rien prémédité. En plus on se trouvait devant une jeune vie de vingt ans. Des hommes conscients, libres, des citoyens d'une grande démocratie devaient y regarder à deux fois avant d'envoyer à la potence ce gamin en grande partie irresponsable. Il méritait certes un châtiment, mais que ce châtiment fût la prison pour aussi longtemps qu'on le voudrait. Qu'on lui épargnât la corde ! Qu'on lui laissât avec la vie une chance de se racheter. Le lieutenant Bradford s'était longuement entretenu avec l'accusé dans sa prison et il pouvait assurer la Cour que le travail du repentir était déjà commencé en lui. Il ne fallait pas contrarier dans une âme l'ouvrage de Dieu !

La Cour s'est retirée pour délibérer. N'ayant plus rien à faire là je suis parti, j'ai traversé la cour et je suis sorti dans la rue. J'allais n'importe où.

Quelqu'un m'a appelé. Je me suis trouvé en face d'un jeune F.F.I. en tenue de combat : casque recouvert d'un filet vert, mousqueton. Il m'a dit son nom. Nous nous étions rencontrés autrefois dans des réunions. Je me suis souvenu : c'était un instituteur. Il m'a demandé ce que je faisais là ? Je le lui ai dit, et que je sortais d'une audience où l'on venait de juger un soldat noir. Il m'a demandé si ça me plaisait de faire ça ? J'ai répondu : Non. Et je lui ai demandé ce qu'il faisait lui-même ici ? Il m'a répondu qu'il était embarrassé parce qu'il avait perdu son unité. Il ne savait comment la rejoindre.

Je suis revenu avec lui au quartier et l'ai emmené tout droit aux transmissions où j'espérais trouver Bill. Il n'y était pas. Il dormait. Il avait été de service toute la nuit. C'est à un autre que j'ai eu affaire.

On lui a expliqué. Il n'a pas mis longtemps à nous donner les coordonnées qui allaient permettre au F.F.I. de retrouver son unité. Un officier est arrivé. Il a demandé de quoi il s'agissait. On le lui a dit. L'officier a demandé si le F.F.I. avait mangé.

— Non ? Conduisez-le au mess. Quand il aura mangé on lui trouvera une voiture pour lui faciliter le retour.

J'ai conduit le F.F.I. au mess, je l'ai laissé là et je suis reparti du côté des garages. Je voulais voir si la voiture de Joe y était. Elle y était, et Joe lui-même.

C'est Joe qui m'a appris la sentence : sera pendu jusqu'à ce que mort s'ensuive. Le lieutenant Stone venait de le lui apprendre lui-même. Et, à propos, le lieutenant Stone me cherchait partout, m'a dit Joe, pour conduire les témoins chez l'officier-trésorier. Lui, Joe, allait les ramener chez elles, au hameau.

Je me suis mis à la recherche du lieutenant Stone, mais c'est lui qui m'a rattrapé.

— Vous avez vu ? Je tremblais comme la feuille quand j'ai montré la balle ! Oui. Sûr. Comme la feuille.

Pas plus que le lieutenant Bradford il n'était partisan de la peine de mort. Mais comment faire ?

— Le lieutenant Bradford est un homme de conviction. Moi aussi. A ses yeux, comme aux miens, une vie est une vie, même la vie d'un de ces petits Noirs de Harlem, si coupable soit-il. Et croyez-moi, Louis, je ne suis pas raciste. Pas du tout. Je suis juif, vous savez! Mais encore une fois comment faire! Et vous avez vu cette pauvre femme avec cette joue...

Le lieutenant Bradford était allé voir le condamné dans sa prison. C'était vrai que le repentir du condamné était entier, sincère, et il ne fallait pas croire que le lieutenant Bradford avait cherché un effet d'audience. S'il restait un espoir, mais le lieutenant Stone n'y croyait pas, il n'était que dans la décision d'une instance supérieure après examen du compte rendu sténographié du procès.

— Enfin!

Maintenant, si je voulais avoir la gentillesse de conduire les deux femmes chez l'officier-trésorier? Elles étaient rentrées à leur hôtel mais elles allaient revenir ici d'un moment à l'autre. L'officier-trésorier leur remettrait leur indemnité, et Joe les reconduirait chez elles. Ce serait tout pour moi aujourd'hui. A moins d'une enquête imprévue.

— *Take it easy!*

J'ai retrouvé mon jeune F.F.I. qui sortait du mess. On lui avait fait faire un repas. Mais ce dont il était le plus content c'était de l'accueil. A commencer par la manière dont il avait été reçu aux transmissions.

— Vous auriez cru ça, vous? Confiance tout de suite. C'est formidable. On ne me croira pas. Et on va me donner une voiture! Ces gens-là sont extra-ordinaires, ils nous donnent un grand exemple — sans parler de tout ce que nous leur devons pour nous avoir libérés. Voilà ce que c'est qu'une armée démocratique. Ils vont faire de grandes choses, j'en suis sûr...

Au mess, il n'avait rencontré que des gens d'une gentillesse!

— Est-ce qu'ils sont toujours comme ça?

— Pour ce que j'en ai vu jusqu'à présent, oui.

— Vous allez rester avec eux?

J'aurais préféré qu'on ne me posât pas cette question. Je ne me sentais pas bien à ma place à la Cour martiale.

— A quoi l'ont-ils condamné?

— A la corde.

Je l'ai vu frissonner.

— J'ai toujours été un adversaire de la peine de mort, a-t-il repris. C'est à la peine de mort aussi que nous avons fait la guerre. Et vous, croyez-vous qu'il y aura une troisième guerre mondiale?

Il avait rencontré des gens qui le croyaient, qui l'annonçaient, qui la disaient inévitable. Entre la Russie et l'Amérique.

— Alors que celle-ci n'est pas encore finie!

Il m'a tendu la main tout en répondant aux signes que lui faisait un G.I., collègue de Joe, qui l'attendait près d'une voiture.

167

Au même instant, les deux femmes traversaient la cour, la mère tenant à la main son petit baluchon. A la vue de la joue écorchée de la mère il a d'un geste inconscient porté sa main à sa propre joue comme pour s'assurer qu'elle était bien intacte.

— Qu'est-ce qu'il a fait le condamné ?

— Tué le mari et père de ces deux femmes...

— Comment ?

— En tirant dans la porte.

Il a haussé les épaules et il est parti en courant, serrant son mousqueton contre lui, la main sur le plat de la crosse pour l'empêcher de brinquebaler.

La cour de la prison était déserte, sauf que deux hommes de la Military Police montaient la garde le long des barbelés.

J'ai conduit les deux femmes au bureau de l'officier-trésorier. On a fait signer à la mère divers papiers et on lui a remis quelques centaines de francs, son indemnité de témoin et celle de sa fille. Tout étant réglé, on est sorti. Il n'y avait plus qu'à se rendre du côté des garages.

Joe était là, tranquille, patient comme toujours, fumant sa cigarette en attendant et souriant amicalement en voyant approcher les deux femmes. La mère tenait dans sa main l'argent qu'on venait de lui remettre. On aurait dit qu'elle ne savait où le fourrer.

Avant de monter en voiture elle l'a donné à sa

fille en la priant de mettre ça dans son sac. La fille prit l'argent, elle l'a mis dans son sac. Elles sont montées en voiture, Joe s'est installé à son volant. Nous avons échangé quelques paroles d'adieu et nous n'avons pas fait la moindre allusion à ce qui venait de se passer, c'est-à-dire à la sentence.

Joe allait embrayer quand arriva tout courant un homme qui venait des cuisines apportant toute une grosse brassée de boîtes et des paquets, boîtes de riz, de café, conserves de toutes sortes, rations, cartouches de cigarettes, bonbons, chewing-gum, sucre : c'était des cadeaux que l'homme avec un large sourire déversa joyeusement sur les genoux des deux femmes en disant :

— *Santa Claus!*

— Qu'est-ce qu'il dit? m'a demandé la jeune fille.

— Père Noël!

Les deux femmes, éberluées, ne savent que répondre. Elles regardent les paquets répandus. L'homme s'est écarté en saluant très militairement. La voiture a démarré. O.K., Joe!

J'ai regardé la jeep franchir la grille et je suis parti en rallumant ma pipe.

Le temps a passé comme ça et l'heure est venue de retourner au mess. Je n'y ai rencontré ni le lieutenant Stone ni le lieutenant Bradford. Je me suis assis n'importe où. Les gens ont été très gentils avec moi, personne ne m'a posé de questions, personne ne m'a demandé qui j'étais ni ce que je faisais là. On s'est fait des clins d'œil et le repas terminé chacun est parti de son côté.

En sortant je suis passé près des cuisines et j'ai vu dehors des monceaux de nourriture, de pâtisseries surtout, que les mouches et les guêpes assaillaient, et j'ai pensé que c'était le surplus qu'on allait jeter. J'ai demandé à un passant si vraiment on allait jeter tout cela à la poubelle ? Il a éclaté de rire. Bien sûr qu'on allait jeter tout cela. Des restes ? Non. De l'excédent. C'était tous les jours comme ça.

J'ai hésité à lui répondre que c'était bien regrettable, qu'il y avait là de quoi nourrir au moins vingt familles de pauvres gens. Je le lui ai dit quand même et il s'est remis à rire.

— Peut-être, m'a-t-il répondu. Mais ce que je demandais était contraire au règlement. Et les mesures d'hygiène ?

Il est parti en riant. J'ai pensé retourner sur mon lit faire un petit somme. J'avais trop mangé, la nourriture était trop bonne, et je n'avais plus l'habitude. Mais je suis tombé sur Bill. Il m'a entraîné. Il avait des tas de choses à me dire.

En esprit curieux, en personne responsable, Bill tient son « Journal de guerre. » J'étais la première personne qu'il rencontrait depuis qu'il était en France, avec qui il avait envie de bavarder.

Nous sommes entrés dans sa chambre. Là tout

était comme l'autre fois : le dormeur, allongé sur un matelas, le liseur, assis sur une chaise, les pieds sur le rebord d'une table et, dans le fond, celui qui écrivait à sa fiancée.

On s'est dit bonjour, c'est-à-dire qu'on a échangé des sourires et des clins d'œil. Bill m'a offert une chaise et il a tiré d'un sac un gros cahier qu'il a ouvert devant moi et posé sur une table. Il m'a montré la première page du cahier sur laquelle, en lettres majuscules, il avait transcrit la phrase de Mgr l'Évêque : « Mes garçons... si c'est pour maintenir le monde comme il est... mais si c'est pour le changer... »

Bill est resté un long moment à me regarder, son index pointé sur la phrase, son visage de bébé tout rayonnant.

— Hein ? Il y a un grand sens là-dedans !

Il s'est assis. Il a feuilleté le cahier. Il aurait peut-être voulu m'en lire un ou deux passages, mais il hésitait. Finalement il a pris un bloc. Pour noter. Il m'a demandé mon âge. Je lui ai répondu que j'étais dans ma quarante-cinquième année... Il nota. Puis il est resté le crayon en l'air, et enfin il m'a demandé comment c'était, pendant toutes ces années d'occupation ? Je lui ai répondu qu'il n'était pas bien facile de répondre comme ça à une pareille question. Il a bien voulu l'admettre. C'était encore trop frais, tout ça, il le comprenait très bien, on manquait de recul, mais il pouvait me dire, lui, en attendant, que la propagande de Londres n'avait pas toujours eu que de bons effets

171

sur le public des États-Unis, et que, par exemple, une des grandes surprises des Américains, une fois débarqués en France, avait été de trouver les gens à peu près vêtus quand même, quoique pauvrement, et à peu près nourris, si mal que ce fût. Ils s'étaient attendus à bien pire.

— Je voudrais que vous me racontiez ce qui vous est arrivé à vous, personnellement ?

J'ai eu envie de lui répondre qu'il était bien jeune et je me suis senti moi-même bien vieux. Comme il insistait et qu'il voulait à tout prix au moins un souvenir et qu'il était si gentil, je me suis dit que le mieux, pour un jeune citoyen d'une grande démocratie dont l'emblème est une statue de la Liberté, serait de lui raconter comment, un matin, au printemps, j'avais été bousculé dans la rue par un soldat allemand.

Il pouvait être dix heures. Nous avancions l'un vers l'autre sur le bord du trottoir. Je ne lui ai pas cédé le pas. D'un coup d'épaule il m'a envoyé sur la chaussée. Nous nous sommes retournés l'un vers l'autre. Il m'a regardé, menaçant. Je suis parti.

— Auriez-vous aimé cela pour votre compte, Bill ?

D'une voix très basse, il m'a répondu :

— Non.

— Une autre fois, Bill, cette fois-là, c'était la nuit...

Je m'étais mis à raconter sans la moindre envie. Comment faire comprendre à Bill ce que c'était

172

que de parcourir sa propre ville par la nuit la plus noire sans reconnaître son chemin autrement qu'en tâtant les murs ? L'heure du couvre-feu était depuis longtemps passée et il n'y avait pas de lune. C'était décembre. Cette nuit-là, j'allais porter un message à Christian, à l'autre bout de la ville. Ma mission accomplie, je m'en revenais à travers les rues plus noires que jamais, ne reconnaissant mon chemin qu'en tâtant les pierres des maisons. Je suis arrivé à ce que je savais être un carrefour. Là dans un silence comme celui de la pleine campagne, j'ai entendu des pas. Je me suis arrêté dans une porte et je n'ai plus bougé. Ce n'était pas la patrouille, c'était les pas d'un homme seul, mais botté. J'ai attendu. Les pas se sont arrêtés. Je suis reparti. J'ai de nouveau entendu les pas. J'ai compris alors que l'homme qui marchait comme moi dans la nuit avait entendu les miens. Il me cherchait. Nous nous sommes trouvés face à face si près l'un de l'autre que malgré la nuit j'ai pu distinguer quelque chose de son visage — surtout de ses yeux —, le visage, les yeux d'un tout jeune soldat allemand. Un permissionnaire. Il venait de Russie. Et comme c'était Noël il aurait bien voulu trouver un endroit quelconque où il y aurait eu un peu de lumière et des gens avec qui célébrer la fête. Il s'était perdu. Alors ? Je lui ai répondu qu'il lui fallait tâcher de retrouver la gare. Là, il y aurait des gens de chez lui. Mais la gare ! Comment trouver la gare ? Je lui ai dit de marcher tout droit devant lui. Peut-être rencontrerait-il la patrouille ? Il m'a tendu la main

173

en me disant : Bon Noël... Joyeux Noël! Je lui ai répondu en lui souhaitant bon Noël à mon tour, et nous sommes partis chacun de notre côté.

— Voilà, Bill...

— Je vois... Avez-vous tenu un journal de guerre?

Là-dessus est arrivé le lieutenant Stone toujours aussi plein d'entrain et s'écriant avec bonne humeur que, m'ayant cherché partout sans me trouver nulle part, la pensée lui était venue que je ne pouvais être que chez Bill.

— Et voyez comme j'ai eu raison! Venez, maintenant. J'ai une grande nouvelle pour vous. Vous n'êtes pas trop fâché que je vous enlève notre interprète, Bill?

Bill n'était pas trop fâché, un peu seulement, il espérait bien que nous nous reverrions sans tarder.

Tout en remettant pensivement son Journal de guerre dans son sac.

Le lieutenant Stone (je n'arrive pas encore à dire tout simplement Bob) ne m'a pas dit tout de suite où il m'emmenait, il a préféré m'expliquer d'abord pourquoi je ne l'avais pas trouvé au mess.

C'est qu'à l'instant même où ils se préparaient à s'y rendre, le lieutenant Bradford et lui, on était venu les chercher pour une nouvelle enquête, une sale affaire du même genre que la première et pire encore peut-être.

Quant à la nouvelle me concernant, elle était que, vu l'excellence de mes services, il avait

174

demandé au colonel que je fusse officiellement rattaché à l'État-Major. Le colonel était d'accord et, de ce pas, nous nous rendions à son bureau pour faire établir les papiers officiels. Ensuite Bob m'emmènerait au magasin d'habillement où j'allais toucher un équipement complet.

En ma qualité d'interprète-traducteur officiel, je serais assimilé au grade de lieutenant et je toucherais une solde. Enfin nous pousserions jusqu'aux cuisines où je pourrais choisir ce que je voudrais pour en faire des colis que j'enverrais à ma famille et à mes amis.

— *Is that all right?*

Le colonel nous a reçus fort courtoisement. Il était à son bureau. Il s'est levé pour nous accueillir et nous faire asseoir avant de retourner s'asseoir lui-même — un homme dans les cinquante ans, tout blanc de cheveux, très élégant, très homme du monde, le teint clair, très rose, et les yeux bleus. Souriant.

Bien! Les papiers étaient en ordre. Tout était réglé. Il n'avait pas besoin de me dire, n'est-ce pas, tout ce que je savais par le lieutenant Stone, mais il pouvait me remercier personnellement pour les bons services que j'avais déjà rendus à l'armée. En fait, les papiers qu'il me remettait me seraient surtout utiles auprès des hommes de la Military Police. Il fallait se méfier de ces gens-là. Ils allaient quelquefois très vite en besogne et ils avaient la main leste!

— *Well!* Bonne chance! Parlez-vous aussi l'allemand? Oui. Pas très bien? Assez pourtant? Bon! Vous viendrez avec nous en Allemagne. Nous irons là-bas chercher vos prisonniers!

Il s'est levé pour nous raccompagner. On s'est serré la main très cordialement. L'entrevue n'avait pas duré trois minutes.

J'étais surpris que le colonel ne m'eût pas demandé qui j'étais. Personne ne me l'avait jamais demandé, ni le lieutenant Stone ni le lieutenant Bradford.

Avant de nous rendre au magasin d'habillement, Bob a voulu passer au mess. Il n'avait pas déjeuné et il avait besoin d'une bonne petite tasse de thé et de quelques petites pâtisseries.

— Vous prendrez bien une tasse de thé avec moi? Oui. Naturellement. Pourquoi pas? Et le colonel est un très bon type, lui aussi, vous avez vu?

— Oui, j'ai vu.

Au mess, c'est un tout jeune type maigre, roux et tavelé qui nous a servis. Bob m'a fait remarquer que ce jeune type était un vrai voyou mais pas bête, et sympathique, avec tout juste l'insolence qu'il faut.

— Ce qu'il y a de bien à l'armée, c'est qu'on y rencontre toutes sortes de gens, de toutes les catégories. D'un côté, votre ami Bill, par exemple, et, ici, ce petit voyou.

— Bill est un excellent jeune garçon, très honnête. Il vous a parlé de son évêque ?

— Oui.

— Naturellement. Le discours de l'évêque l'a beaucoup impressionné. Bon !

Il a vidé sa tasse, et nous sommes partis pour le magasin d'habillement.

Comment diable fait-il pour montrer tant d'intérêt pour tant de choses qui n'en ont aucun, passer de l'une à l'autre en restant toujours le même ? Le lieutenant Stone est un homme intelligent, fin et cultivé, distingué, un bourgeois célibataire de quarante et quelques années, de très bonne humeur, un vrai bon type, et bon démocrate, bon juif, passionné de musique : tout en marchant il s'est mis à fredonner un air de la *Vie de bohème* puis, cessant brusquement de fredonner, il s'est arrêté au milieu d'un couloir que nous traversions pour me parler de son violon...

Tous les jours, depuis des années, il travaillait son violon, et voilà des mois que cela ne lui avait plus été permis. Retrouverait-il jamais sa forme ? Comment rattraper le temps perdu ? Comment retrouver cette espèce de virtuosité, il pouvait bien le dire, qui lui avait coûté tant d'assiduité ?

De sa belle main il a esquissé le geste de promener un archet sur les cordes d'un violon, puis avec un soupir :

— Espérons tout de même !

Toujours aussi sûr de son chemin, à croire qu'il le trouverait n'importe où les yeux fermés, Bob m'a conduit à travers de nouveaux dédales jusque dans une cour au milieu de laquelle se trouvait une grande baraque en bois, longue et basse, une baraque Adriant, où nous avons trouvé, tout seul au milieu de ses collections empilées sur des étagères, un sergent très grand, maigre et triste à qui Bob a expliqué très brièvement les choses.

— Vous avez bien compris, sergent? Un équipement complet. Il s'agit d'un interprète officiel!

— O.K.! a répondu le sergent d'une voix morose sans que le moindre pli de son visage ne bougeât comme s'il avait craint en parlant de sentir se fendiller ses longues joues blanches et raides comme du plâtre.

— *Fix him up!* lui a crié Bob en se retournant pour partir.

Mais auparavant il m'a prévenu qu'il reviendrait dans un rien de temps pour m'aider à porter mon paquet jusque sur mon lit.

Bob une fois parti, le sergent s'est mis à m'examiner des pieds à la tête en silence. Il m'a jaugé, mesuré de l'œil, je voyais ses yeux me parcourir dans tous les sens et je devinais aux plis de son front qu'il calculait. A la fin, il s'est avancé vers les étagères où il a pris toutes sortes de vêtements qu'il a rapportés en brassée et jetés sur une longue table comme un comptoir faite de planches posées sur des tréteaux. Il est allé jusqu'au fond de la baraque chercher une paire de brodequins qu'il a posée sur le tas d'effets. Sur une étagère il est allé prendre un calot, et, comme je restais là debout devant ce tas d'effets en me demandant si je ne devais pas passer à l'essayage, il s'est décidé à me dire que je n'avais rien d'autre à faire pour le moment qu'à embarquer tout ce fourbi dans ma chambre et que si quelque chose n'allait pas je n'aurais qu'à revenir. A son avis tout devrait aller parce qu'il m'avait bien regardé.

J'ai attaché les brodequins l'un à l'autre par les lacets et je les ai passés à mon cou, ensuite j'ai pris à brassée toute la pile d'effets et, sans attendre le retour de Bob, je suis parti.

Je n'avais pas fait trois pas dehors que Bob est arrivé. En me voyant chargé de cette brassée d'effets qui me venait jusqu'au menton, et les brodequins accrochés à mon cou, il s'est mis à rire de très bon cœur en m'annonçant qu'il manquait encore quelque chose à mon équipement, mais qu'il y avait pensé.

— Tenez! Regardez! m'a-t-il crié, en sortant de sa poche un petit morceau d'étoffe qu'il agitait comme un mouchoir, en riant toujours. C'est un brassard! Il est destiné à signaler au monde entier votre qualité de Français libre volontaire auprès des troupes américaines. Vous le porterez à votre manche gauche, au lieu de ce brassard F.N. que vous mettrez dans votre poche. Et maintenant, attendez! Et passez-moi la moitié de tout cela!

179

Comment pensez-vous arriver tout seul dans votre chambre avec ce paquet sur les bras ? Vous ne voyez même pas le bout de vos pieds.

Une fois dans la chambre, les paquets d'effets jetés sur mon lit, Bob est parti. Je me suis assis sur le lit voisin et j'ai pensé faire une pipe. Malgré l'envie que j'en avais je ne l'ai pas fait.

Les fenêtres de la chambre étaient grandes ouvertes, le soleil brillait très fort. Il devait y avoir par là un jardin, des oiseaux pépiaient. Ils étaient si nombreux à pépier que par instants je n'entendais plus qu'à peine le bourdonnement des voitures des transmissions. Sur une petite table à la tête du lit où j'étais assis, le portrait en couleurs d'une jolie jeune femme blonde très élégante. Un long visage délicat avec de grands yeux bleus qui cherchaient à sourire.

Je ne sais pas combien de temps je suis resté à écouter les oiseaux en regardant le portrait, ni comment je me suis décidé à quitter mes vieux habits, pour revêtir les neufs. Cela s'est fait très vite. J'ai vu que tout m'allait à merveille. Le sergent connaissait son affaire ! J'ai chaussé les brodequins. On les aurait dits faits pour moi. J'ai fait quelques pas pour mieux me rendre compte. C'était parfait.

Je me suis senti riche dans mon uniforme neuf, solide, confortable, sauf, quand même, je me sentais un peu honteux, comme si j'avais plus ou moins volé tout cela. De mes vieux habits, j'ai fait un ballot que j'ai fourré dans l'armoire. Là-dessus, je me suis allongé sur mon lit et je me suis endormi.

J'ai dû m'endormir profondément car je n'ai pas entendu les autres rentrer, ou bien ils auront été d'une grande discrétion. Ils étaient tous là, quand Joe est venu me réveiller, tous les quatre, Stef Markov, Patrick Right, Robert Erikson, Gustavus Wilson. Sur les quatre, il y en avait déjà trois de couchés et deux qui dormaient. Celui qui ne dormait pas était le sergent Gus Wilson, et celui qui était encore debout était le lieutenant Patrick Right. Ils m'ont demandé si j'avais bien dormi et j'ai répondu que oui. Profondément et assez longtemps, sûrement, car j'ai vu qu'on avait fermé les fenêtres et qu'il faisait déjà nuit. La chambre n'était éclairée que par une faible ampoule bleue au plafond. Joe penché sur moi, la main sur mon épaule, me secouait doucement. Les lieutenants m'attendaient en bas. Nous allions partir en mission. Je me suis levé et j'ai suivi Joe à travers des couloirs à peine éclairés. Dans la cour il faisait nuit. Au milieu de la cour la jeep, à côté de la jeep quelques ombres, celles des lieutenants Stone et Bradford, celle d'un homme de la police militaire, casqué, armé, et une quatrième ombre, celle d'un soldat de petite taille qu'on a fait monter en voiture le premier, dans le fond. Le M.P. s'est installé

181

près de lui. Dans ce qui restait de place il a fallu se tasser. Le lieutenant Bradford d'un côté, près du M.P., moi de l'autre. Bob est allé s'asseoir près de Joe.

— O.K., Joe ! a dit Bob, une fois installé.

Joe a embrayé et nous sommes partis à bonne allure aussitôt la grille franchie. Nous nous sommes bientôt trouvés en pleine campagne. Je n'étais pas encore très bien réveillé sans doute, je m'en suis rendu compte au moment où j'ai dû faire répéter à Bob une question qu'il venait de me poser :

— Comment vous sentez-vous sous l'uniforme ?

J'ai répondu que je me sentais très bien. Le sergent-magasinier était un type vraiment à la hauteur.

— Oui, très bien, Bob, quoique peut-être un peu ridicule ?

Le lieutenant Bradford a dit que c'est toujours un peu comme ça, au début, pour tout le monde, même dans le civil quand on sort de chez le tailleur dans un complet fait sur mesure. A quoi Bob a répliqué que c'est toujours comme ça aussi quand on revient de chez le coiffeur.

— Et avez-vous pensé à attacher votre brassard ?

Non. Je n'y avais pas pensé. Bob m'a recommandé d'y penser dès le lendemain et il a ajouté que c'était très important, surtout à cause des M.P.

J'ai tourné la tête vers le M.P. et je suis resté saisi

en m'apercevant que l'homme assis près du M.P. était un jeune soldat noir tout comme celui qu'on avait jugé le matin. A côté de lui, le M.P., sa carabine debout sur son genou, avait l'air d'un géant.

Je n'ai plus rien dit. Les autres non plus.

Nous avons roulé encore longtemps, traversé des villages déserts où tout était fermé, sans une lueur. A mesure que nous avancions, la nuit devenait plus noire, mais Joe conduisait toujours du même train avec la même sûreté.

Nous avons quitté la grand-route et pris un petit chemin. Il m'a semblé que Bob s'était assoupi. Un cahot l'a réveillé et, du même coup, le M.P. a lâché sa carabine, qui est tombée avec un gros bruit de ferraille. Il l'a relevée. Le lieutenant Bradford, raide et les mains croisées sur son ventre, était plongé dans ses pensées.

J'ai vu les yeux du petit soldat noir qui brillaient dans l'ombre. Bob s'est ébroué. Il a bredouillé quelque chose d'incompréhensible, sans doute une plainte contre ce sale métier de brute, c'est ce que j'ai cru comprendre, mais il n'a pas insisté. Nous avons roulé encore et enfin la voiture s'est arrêtée dans un chemin creux. Nous étions arrivés.

Personne n'a bougé tout de suite. Joe s'est penché à la portière, fouillant la nuit de tous ses yeux. C'était bien ça. Bob est descendu le premier. Il a fait quelques pas dans la nuit, il est revenu à la voiture. Je suis descendu à mon tour et nous sommes repartis ensemble jusqu'au bout du chemin creux. Bob tenait sa *flashlight* à la main. Il a donné un rapide coup de lumière, et nous avons découvert sur un terre-plein une maisonnette. Il m'a dit que c'était bien ça et que nous allions monter jusqu'à cette maisonnette et réveiller les gens. Nous sommes montés. Bob a frappé à la porte, mais personne n'a répondu. Les coups qu'il frappait résonnaient très fort dans la nuit. Il a frappé encore plus fort et personne n'a répondu. La maison semblait morte. Pas un fil de lumière nulle part.

— Ils ont peur, m'a dit Bob en se remettant à cogner.

Il a donné un coup de lumière rapide sur la façade de la maison. On a vu que les volets étaient partout fermés. Il m'a demandé d'appeler et j'allais le faire, quand un volet a grincé à l'étage. Aussitôt le lieutenant a rallumé sa torche en la braquant vers la fenêtre.

Dans le faisceau lumineux est apparu un visage de jeune homme.

— Dites-lui qui nous sommes. Dites-lui que nous avons besoin que tous ceux qui sont dans la maison descendent et qu'ils n'ont rien à craindre.

J'ai dit cela au jeune homme, mais il ne s'est pas laissé convaincre.

— A cette heure-ci? m'a-t-il répondu.

— Dites-lui que nous sommes venus pour l'enquête.

Le jeune homme a disparu en refermant le volet.

Nous avons attendu. Puis il y a eu un grincement de verrou, le tintement d'une chaîne qu'on décroche et la porte s'est entrouverte. Le jeune homme avait lui aussi une torche. Il l'a allumée et braqué sur nous la lumière.

— Ah! bon! Si c'est ça...

Il a ouvert, nous sommes entrés. Il a refermé la porte, éteint la torche en même temps qu'il allumait dans la pièce. Il y avait là quatre ou cinq personnes, parmi lesquelles deux femmes et un vieux.

— Dites-leur que nous l'avons amené.

J'ai traduit. Ils n'ont pas bronché.

— Dites-leur que je voudrais qu'ils viennent avec nous jusque dans le chemin creux.

J'ai traduit. Ils ont refusé.

— Insistez. Nous avons besoin de leur témoignage. Il faut qu'ils viennent.

J'ai traduit, ils sont restés longtemps sans répondre, puis c'est l'une des femmes qui a dit :

— Il faut y aller.

Nous sommes partis jusqu'à la voiture.

En nous entendant arriver, le M.P. a fait descendre le soldat noir. Le lieutenant Bradford est descendu. Joe est resté à son volant. J'ai vu qu'il allumait une cigarette.

On a amené le soldat noir devant la voiture. Bob a fait ranger les paysans en demi-cercle devant lui, puis il est allé se poster à la gauche du soldat noir, et le lieutenant Bradford à sa droite. Le M.P., sa carabine sous le bras, se tenait un peu à l'écart.

Les lieutenants ont allumé leurs torches en les braquant sur le visage du soldat. Plus petit que les lieutenants, au garde-à-vous, il n'a pas bronché. Il s'est fait un grand silence, on n'a entendu que le murmure léger du vent dans les feuillages.

Sous les feux croisés des torches ce visage immobile aux reflets de cuivre et de bronze, avec ses grands yeux blancs qui ne regardaient personne, était comme celui d'une idole.

— Reconnaissez-vous cet homme ?

Personne n'a répondu tout de suite. Puis on a entendu :

— Oui.

— Oui. C'est lui...

Les uns après les autres, ils ont dit et répété que c'était lui. Les lieutenants ont éteint leurs torches et le M.P. s'est rapproché. Les paysans sont rentrés chez eux. Nous sommes remontés en voiture.

— O.K., Joe !

Avant d'embrayer, Joe a jeté sa cigarette.

Nous sommes rentrés. Personne n'a dit le moindre mot, si ce n'est qu'en arrivant au quartier, à l'instant où nous nous quittions, Bob m'a rappelé que je devrais être présent à l'audience le lendemain matin à neuf heures.

Je ne sais pas comment j'ai retrouvé ma chambre, il y faisait aussi noir que dehors, ni comment j'ai retrouvé mon lit. Je me suis endormi aussitôt, enveloppé dans mes trois couvertures.

Oui, c'est vrai qu'un homme qui s'endort ferme les yeux sur bien des choses.

Il faisait déjà plein jour quand je me suis réveillé. Il n'y avait plus que Stef Markov dans la chambrée. Le dos courbé, le pied sur une chaise, Stef brossait ses souliers.

— *Hello*, Louis, m'a-t-il crié. Bien dormi?
— *Hello*, Stef! Bien dormi. Merci. Et vous?
— Merci. Très bien.
— Beau temps, non?
— On dirait...

La chambre était pleine de soleil.

Il a changé de pied. A l'autre soulier maintenant. Avec deux brosses. Quand il a eu fini, il a rangé ses instruments, brosses, tubes, chiffons, dans une boîte qu'il a replacée dans son armoire, il a tiré de l'armoire une veste et pris une autre brosse pour brosser la veste. Il a remis la veste en place, et la brosse, refermé l'armoire, et, après un coup d'œil à son lit pour vérifier que tout était en ordre, il est parti.

— Au revoir, Louis... A bientôt.
— A bientôt, Stef.

Je me suis levé, j'ai fait ma toilette et je suis parti. C'est vrai qu'il faisait très beau. En descendant l'escalier, je me suis aperçu que j'avais oublié le brassard et je suis remonté dans la chambre. J'ai trouvé le brassard dans mon armoire. J'ai essayé de l'attacher et je n'y suis pas arrivé. Je l'ai fourré dans ma poche et je suis parti au mess où j'ai entendu parler de l'action en cours devant Brest.

Un peu avant neuf heures je suis monté à l'audience et j'ai trouvé tout le monde déjà en place, les officiers assis devant la longue table au tapis vert de part et d'autre du lieutenant-colonel Marquez, Bob, debout, à gauche, dans le prétoire et, à l'autre bout à droite, le lieutenant Bradford. Tout le monde était à son poste, y compris les sténotypistes assis devant leurs machines et l'accusé, entre deux M.P.

C'était encore un Noir, pas celui que nous avions emmené la veille, un autre, un grand jeune Noir, une sorte d'hercule très beau qui se tenait au garde-à-vous sans regarder personne, sans regarder nulle part.

A neuf heures juste, le procès a commencé, et le lieutenant-colonel Marquez a donné la parole à Bob.

Dès les premiers mots de Bob on a compris qu'il s'agissait d'une affaire de viol, ou de tentative de viol. L'accusé plaidait coupable. Il s'agissait d'une jeune femme entraînée de force dans un bosquet. On allait l'entendre. Elle était le principal témoin.

Un M.P. est allé la chercher. Bob a conduit la jeune femme vers la chaise près de laquelle je me tenais. On lui a fait jurer de dire la vérité, toute la vérité, et rien que la vérité. Elle a levé la main droite et juré. On m'a prié de jurer de traduire avec fidélité la déposition du témoin. Puis Bob s'est tourné de nouveau vers moi et, agitant son index avec la sévérité d'un homme conscient de l'importance de ce qui va se passer, il m'a dit :

— *And now...* et maintenant, *ask the witness to tell in her own words...* Demandez au témoin de dire, dans son propre langage.

J'ai traduit.

La jeune femme a raconté comment, étant allée faire une course hors du village, elle avait rencontré le soldat noir, qui s'était approché d'elle très gentiment et lui avait parlé en souriant pour commencer, puis il lui avait pris le bras. Elle s'était débattue. Il l'avait entraînée de force dans un bosquet et, là, il l'avait violée.

— Il m'a violée.

J'ai traduit.

Aussitôt, le lieutenant-colonel Marquez a relevé la tête (il regardait ses ongles).

— Non, a-t-il dit. Le témoin ne peut pas dire cela. Ce mot ne peut pas figurer au procès-verbal. C'est à la Cour de conclure si le viol a été consommé ou non.

Il s'est tourné vers Bob.

— Faites poser au témoin des questions précises.

Bob a repris son souffle. J'ai vu son visage se crisper. Après effort, il a fini par dire :

— *Ask the witness...* Demandez au témoin : *Did he put his private parts into her private parts?*

Là-dessus, il a laissé retomber ses bras avec tout

l'air d'un homme qui pense : Voilà, c'est fait, je l'ai dit quand même...

J'ai traduit.

La jeune femme n'a pas répondu tout de suite. Dans le silence qui a suivi, chacun retenait son souffle. Entre le oui et le non : la corde. Le savait-elle ? Voulait-elle qu'on le pendît ? Personne ne l'avait informée de la conséquence de sa réponse. Personne qui en eût le droit.

L'accusé restait aussi immobile et muet que depuis le début. La jeune femme a répondu :

— Oui.

Le reste de la journée s'est passé n'importe comment à ne rien faire que vaguer à travers la cour et les bâtiments tout de suite après avoir conduit la jeune femme chez le capitaine-trésorier qui lui a versé son indemnité de témoin. Nous n'avons pas échangé deux paroles.

Au moment où elle est montée dans la voiture qui allait la reconduire chez elle, on lui a apporté des cadeaux, cartouches de cigarettes, bonbons, etc. Elle n'a même pas souri en les recevant. La voiture a démarré. Je suis parti de mon côté. La matinée était déjà très avancée. J'avais comme envie d'aller en ville. J'ai aperçu Bill et je me suis arrangé pour qu'il ne me voie pas, mais tout de suite après je suis tombé sur Bob qui, du plus loin qu'il m'a vu, m'a fait, avec son index, un signe de gronderie. Il s'est approché et, me prenant par le bras :

— Et alors? Et ce brassard? Vous avez oublié d'attacher à votre manche votre brassard, monsieur l'interprète officiel!

J'ai sorti le brassard de ma poche. Bob me l'a lui-même attaché à ma manche gauche. Ça l'amusait beaucoup de faire ça. Un homme est passé et nous a regardés d'un air intrigué, un peu insistant, si bien que Bob a perdu sa bonne humeur et crié au passant d'un ton rogue :

— *He is an official interpreter, private!* C'est un interprète officiel, militaire!

Le soldat a pris la fuite, Bob s'est tourné vers moi tout souriant, il a achevé de nouer le brassard et s'est un peu reculé pour voir l'effet qu'il faisait sur ma manche. Il a paru l'approuver, et enfin, il m'a dit :

— *Now, take it easy!* Autrement dit : A présent ne vous en faites pas.

Il allait partir, mais j'ai vu dans ses yeux qu'il avait encore quelque chose à me dire. Moi aussi j'avais quelque chose à lui demander. Quelle avait été la sentence? Mais nous n'avons rien dit, ni l'un ni l'autre. Nous savions très bien à quoi nous en tenir.

Bob a fait comme une pirouette et il s'en est allé en me répétant :

— *Take it easy!*

Le lendemain il n'y avait pas d'audience. Nous en avons profité, Bob et moi, pour aller faire un tour en ville.

191

Nous avons passé près d'une heure à la poissonnerie, ensuite dans des magasins. Bob voulait acheter des souvenirs qu'il rapporterait en Amérique. On n'a pas trouvé grand-chose. Il aurait voulu surtout quelques petits flacons de parfum d'une grande marque. On n'en a pas trouvé.

L'après-midi, nous sommes partis en voiture, les lieutenants Bradford, Bob et moi, conduits par Joe, comme toujours. Il s'agissait d'une nouvelle enquête. Nous avons interrogé des gens dans un village, mais il est apparu que cette enquête n'avait pas grand fondement. Les lieutenants ont décidé de l'abandonner.

C'est en revenant que, par une question de Bob au lieutenant Bradford, j'ai appris que la femme du lieutenant Bradford venait de mettre un enfant au monde.

Il était encore de très bonne heure quand nous sommes rentrés. En nous quittant, Bob m'a averti de me tenir prêt pour l'audience du lendemain matin, à neuf heures.

Quand je suis arrivé à l'audience, le lendemain, j'ai vu que l'accusé était encore un Noir.

Le procès s'est déroulé comme les précédents, tout a été soigneusement enregistré par les sténotypistes. L'accusé plaidait coupable. Il n'a pas soufflé mot. Comme ses prédécesseurs, il est resté impassible du commencement à la fin. Lui aussi avait tenté de violer une femme. La Cour s'est retirée pour délibérer. Les M.P. ont emmené l'accusé. Tout le monde s'est dispersé. On a allumé des cigarettes.

C'est par Bob, un peu plus tard, que j'ai appris que l'accusé avait été condamné à un certain nombre d'années de prison et que le colonel si courtois, qui m'avait reçu en homme du monde en me remettant les papiers attestant ma qualité d'interprète officiel, était entré dans une terrible colère en apprenant la sentence. Il était même allé jusqu'à s'exprimer très grossièrement contre les membres de la Cour qui n'avaient pas eu les couilles de prononcer un arrêt de mort.

La bataille pour Brest se poursuit jour après jour, son issue ne fait de doute pour personne. Aussitôt après la reddition du général allemand et de ses quarante mille hommes, nous partirions pour l'Allemagne.

A l'exception des passages d'avions et des explosions de bombes, ce que nous entendions de la bataille était confus, sauf une fois, où une explosion si violente a retenti vers le milieu d'un après-midi que la pensée nous est venue que les Allemands faisaient sauter leurs installations et que c'était la fin. Nous nous trompions.

De nouveaux jours se sont passés, la Cour martiale a siégé presque chaque matin et, à chaque fois, l'accusé était un Noir et l'accusation toujours la même.

Il est arrivé aussi que l'on jugeât plusieurs accusés ensemble, et ils étaient tous des Noirs. Un matin, il y en a eu quatre. Ils n'ont pas dit un mot. Pourquoi se taisaient-ils ainsi, pourquoi plaidaient-ils toujours coupables ? J'ai fini par le demander à Bob.

— Mais parce qu'ils le sont ! m'a-t-il répondu, en faisant comme le geste de lever les bras au ciel, voulant manifester par là la surprise que lui causait une telle question. Comme si nous ne nous fussions pas trouvés là devant l'évidence. Coupables. Ils l'étaient en effet. Ils l'avouaient eux-mêmes.

— Mais pourquoi toujours des Noirs, Bob ?

— Ah ! c'est un sacré problème !

— Je sais, Bob ! Il paraît qu'il faut être américain pour le comprendre. Mais pourquoi rien que des Noirs ? Ce n'est pas un tribunal spécial pour les Noirs ?

Il s'est presque indigné. Comment une pareille idée pouvait-elle me passer par la tête ? Un tribunal spécial ! Bien sûr que non. Si je croyais que cela lui plaisait, pas plus qu'à aucun des membres de la Cour, de n'avoir que des Noirs à juger !

— Ce n'est tout de même pas notre faute s'ils ne peuvent pas voir une fille sans chercher à la violer.

Un matin, à l'audience, et c'était encore un Noir qu'on jugeait, le lieutenant-colonel Marquez, président de la Cour, au moment où l'on allait introduire les témoins, ordonna qu'on aille chercher à la prison quatre soldats noirs et qu'on les fît aligner de part et d'autre de l'accusé.

Quatre soldats noirs sont arrivés conduits par des M.P. Les cinq Noirs ont été priés de se tenir debout en file. On a introduit le premier témoin, un paysan. Les autres attendaient leur tour dans une pièce voisine. On a demandé au premier témoin de s'approcher des six soldats noirs et de poser la main sur l'épaule de celui qu'il pensait être le coupable.

Le premier témoin s'est avancé, il est allé droit vers l'accusé et lui a posé sur l'épaule sa grande main de paysan qui conclut un marché. L'accusé n'a pas eu le moindre tressaillement. Le témoin est retourné à sa place. Il pouvait disposer.

— Introduisez le second témoin!

Tout comme le précédent, le second témoin, sans hésiter, a posé sa main sur l'épaule de l'accusé, il s'est retourné et il est revenu à sa place.

— Troisième témoin...

Le quatrième, le cinquième témoin se sont avancés chacun à son tour. A mesure que la scène se déroulait le silence devenait de plus en plus lourd, Bob lui-même semblait oppressé.

Ce qui peut-être m'a le plus manqué ces jours-là, exception faite pour quelques personnes, c'est cette promenade du soir que je faisais habituellement quand j'étais encore chez moi, ces quelques moments que je passais sur mon banc, au rond-point, cette promenade à travers le pont où je m'arrêtais quelques instants, à regarder les peupliers qui bordent le ruisseau au fond de la vallée, en écoutant le friselis de l'eau sur les cailloux. J'avais beau avoir de grandes heures où je pouvais me promener à mon aise — *take it easy !* — ce n'était jamais les heures qu'il m'eût fallu.

Certains soirs je suis allé m'asseoir sous le grand chêne, devant les grilles du collège. Il venait là toujours beaucoup de monde, surtout des jeunes gens et des jeunes filles qui riaient et bavardaient avec les soldats américains jusqu'à la nuit tombée. D'autres fois je suis allé retrouver Bill dans sa chambre quand il n'était pas de service. Il étudiait le droit et mettait à jour son Journal de guerre, entouré de ses camarades toujours les mêmes, l'un occupé à écrire à sa fiancée, l'autre à lire, le troisième allongé sur son matelas.

On se faisait toujours, quand j'arrivais là, de petits clins d'œil en souriant. Je me demandais si Bill allait encore me parler de son évêque? Il n'y manquait pour ainsi dire jamais, mais une grande préoccupation lui était venue.

On allait changer le monde, cela ne faisait aucun doute, mais ce ne serait peut-être pas aussi facile qu'il l'avait cru. Pour sûr que la victoire était toute proche. L'avance de Patton, celle des Russes... Mais justement! C'était là la question! Que se passerait-il quand les Russes seraient à Berlin? Avant de changer le monde et pour le changer, n'allait-il pas falloir en finir d'abord avec le communisme? Non?

— N'avez-vous pas vous-mêmes de nombreux communistes armés en France? Comment les appelez-vous? Des F.T.P.?

Bill avait lu quelque chose comme ça dans le journal. Il commençait à penser qu'on ne changerait le monde qu'au prix d'une troisième guerre mondiale.

— Et combien de partis politiques avez-vous en France? Nous, nous n'en avons que deux. Parce que nous sommes une vraie démocratie.

— Pourquoi, Bill, lui ai-je demandé un soir, pourquoi ne juge-t-on ici que des Noirs?

— Oh! Vous ne les connaissez pas. Ils sont déchaînés!

Il n'aimait pas parler de cela. Il n'aimait pas le sujet.

— Ces gens-là ne savent pas se conduire. Ils ne savent pas s'imposer une discipline. Moi, avant de partir pour l'Europe, j'ai juré à ma mère de ne pas boire une goutte d'alcool et de ne pas approcher une fille. Je tiendrai parole, vous pouvez me croire !

Je lui ai répondu que je le croyais sans difficulté. Je lui ai même dit qu'il avait raison et que ces choses-là n'étaient pas faites pour un aussi bon jeune garçon que lui. Mais que cela ne m'expliquait pas pourquoi on ne jugeait ici que des Noirs et pourquoi on en jugerait encore un demain matin — et que, sans doute, il serait condamné à la corde.

Au fait, où les pendait-on ? Et qui était le bourreau ? Cela se passait sans doute au petit matin comme partout au monde là où l'on pend, où l'on fusille, où l'on coupe les têtes. Les gens dormaient encore à cette heure-là — moi comme les autres, enveloppé bien chaudement dans mes trois couvertures, entouré de mes camarades de chambrée, Stef, Pat, Robert et Gus, eux-mêmes encore plongés dans le sommeil. Personne ne savait jamais. La chose était déjà faite depuis longtemps à l'instant où nous ouvrions les yeux.

Je verrais Stef Markov courir au lavabo et se laver à grande eau, se raser, revenir près de son lit et brosser ses habits, cirer ses souliers. Stef avait toujours l'air de se préparer pour aller à quelque réception mondaine. J'en verrais un autre ouvrir la fenêtre pour voir le temps qu'il faisait et les premières paroles que j'entendrais seraient pour dire que la journée s'annonçait aussi belle que celle de la veille, que c'était toujours le même magnifique été qui se continuait jour après jour, la même lumière charmante, et cependant, cette corde, et au bout de cette corde ce petit-fils de l'ombre, tout mou. Et demain un autre. Et tout à l'heure encore un procès, et le lieutenant-colonel Marquez relevant la tête, mais toujours avec l'air de se faire les ongles, demandant à Bob de prier l'interprète de lever la main droite et de jurer de traduire selon la vérité...

— *Do you swear...* Jurez-vous...

— *I do...* Je le jure.

En levant la main droite.

Pas plus alors qu'avant on ne me demanderait qui j'étais. Le serment que je prêterais serait celui de n'importe qui. Celui d'un interprète officiel.

Il survenait toujours une nouvelle affaire. Tantôt c'était une femme qui, rentrant au village en poussant une voiture d'enfant, s'était vue brusquement entourée de quelques soldats noirs très gentils, qui avaient commencé par rire et plaisanter avec elle et qui, peu à peu, s'enhardissant, avaient voulu l'embrasser. Prenant peur, elle avait voulu s'enfuir. Ils l'avaient rattrapée. La voilà arrachée à la petite voiture, la petite voiture bousculée dans le fossé, la jeune femme entraînée dans une futaie. Elle peut bien crier, personne ne l'entendra, le village est loin. La voilà renversée. On veut la forcer. Elle se débat et parvient à s'échapper. Elle court. L'un de ses agresseurs saisit sa carabine et tire.

Il arriva une fois qu'un pauvre paysan d'une trentaine d'années s'en alla chez son voisin pour aider au battage du blé. Au cœur de l'après-midi, on vient lui dire que sa femme appelle au secours. Il part en courant, il trouve sa femme jetée en travers du lit, un Noir couché sur elle, un autre lui maintenant les pieds. Un troisième, assis, tient la main d'une petite fille de deux ans. Un quatrième sur le seuil, en sentinelle. Cette sentinelle se laisse bousculer par le jeune paysan qui arrache sa femme à ses violateurs. Il la pousse dehors, elle s'enfuit en courant d'un côté, lui d'un autre, mais la sentinelle tire et la femme tombe.

Elle meurt dans la soirée à l'hôpital.

— Demandez au témoin... *Ask the witness*... Quel était l'âge de sa femme?

— Vingt-huit ans.

— Et depuis combien de temps était-il marié?

— Depuis trois ans...

— Et s'il reconnaissait ces hommes?

Il les reconnaissait tous. Il pouvait jurer en levant la main droite que c'était celui-là qui avait tiré...

— Demandez au témoin qu'il dise, dans son propre langage...

Et une fois tout fini et la sentence prononcée :

— Soyez assez gentil pour conduire le témoin chez l'officier-payeur.

On a versé au témoin son indemnité de témoin, soit deux jours de vacation : quelques centaines de francs.

Quand nous sommes sortis de là, je lui ai demandé :

— C'est tout ?

— Oui.

— Quelques centaines de francs ?

Eh bien, oui. Il ne voyait pas pourquoi je lui posais cette question ?

— Mais comment vas-tu faire désormais ?

Il n'en savait rien. Tout seul, avec son chagrin et sa petite fille à élever.

— Ils ne t'ont parlé de rien d'autre ?

— Non.

— Et toi, tu n'as rien demandé ?

Qu'eût-il fallu demander ? Il ne le savait pas.

— Comment ! On tue ta femme, et tu t'en vas comme ça avec quelques centaines de francs ? Au moins qu'ils te donnent de l'argent pour t'aider à élever ta petite fille ! Va trouver un avocat et demande-lui ce qu'il y a à faire dans un pareil cas. Si tu le veux j'irai avec toi.

— Vous avez raison, m'a-t-il répondu, j'irai trouver notre curé.

Un officier — l'un des membres de la Cour —

qui passait par là s'est arrêté à nous regarder. Il s'est approché et m'a demandé ce qui n'allait pas. Le témoin avait-il encore quelque chose à dire?

— C'est qu'après avoir touché son indemnité de témoin il se demande...

— Oh! Je vois! Mais vous n'avez pas de conseils à leur donner.

J'ai répondu à l'officier que c'était trop tard et que je l'avais déjà fait.

Il est parti. Un peu plus tard je me suis dit que c'était avec Bob que je devrais parler de cette question et que, du reste, j'avais sans doute bien tort de m'inquiéter. Était-il possible de croire que l'armée et le gouvernement d'une grande démocratie comme celle des États-Unis ne fissent rien de plus pour les victimes civiles dont leurs hommes étaient responsables, que de les renvoyer chez eux avec en tout et pour tout les quelques centaines de francs de leur seule indemnité de témoin? Plus quelques cartouches de cigarettes? Cela n'était pas possible, et je n'avais plus qu'à m'accuser moi-même pour mes mauvaises pensées.

Mais pourquoi ne me disait-on rien? Pourquoi ne m'avait-on jamais rien dit? Et pourquoi cet officier venait-il, et sur quel ton, me signifier que je n'avais pas de conseils à leur donner?

Depuis que la campagne pour la succession du président Roosevelt est ouverte Bob est devenu pour ainsi dire incapable de la moindre attention à autre chose, sauf, bien entendu, s'il s'agit d'une enquête. Hors de là, tout semblait lui être devenu indifférent. Dès qu'il a un moment de liberté, il part à travers le collège, s'arrêtant ici et là à bavarder avec l'un et avec l'autre, à commenter les affiches collées sur des panneaux répandus partout à travers le quartier et, quand nous partons en enquête, c'est encore des élections présidentielles qu'il parle avec le lieutenant Bradford.

Le soir, je vais m'asseoir dans l'herbe sous le grand chêne devant les grilles du collège. C'est toujours la même petite foule de jeunes.

L'autre soir est venu là Stef Markov et, comme le suivant, le jeune garçon roux tavelé, un peu insolent, qui nous sert au mess, un petit voyou de New York, d'après Bob. Un jeune voyou très sympathique. Stef Markov : tiré à quatre épingles, très « smart », brossé, tous ses cuirs luisants. On s'est dit bonsoir, c'est-à-dire qu'on a échangé des clins d'œil.

— Beau temps, hein ? Très gentille soirée.

On a entendu tout près de la musique d'accordéon. Tout le monde s'est précipité pour aller voir. J'y suis allé avec les autres et j'ai vu que des jeunes avaient organisé un bal, dans une grange. Il y avait là une bonne centaine de jeunes gens et de jeunes filles qui dansaient sous des lampions. Au fond de la grange, des tables, On pouvait s'asseoir et boire de la bière.

Je me suis assis à l'une de ces tables et je suis resté là à regarder. J'ai commandé une bière et j'ai allumé ma pipe. Bill est arrivé. Il est venu s'asseoir près de moi. Je lui ai offert une bière et il a préféré de la limonade. Il était sorti juste pour faire un petit tour avant de remonter dans sa chambre mais en sortant du quartier il avait entendu l'accordéon. Ça l'avait attiré.

Il trouvait le spectacle très gai et, en somme, inattendu. Ça le rendait content. Un moment de détente, n'est-ce pas? Un bal! Ce serait une note fraîche dans son Journal de guerre. On ne peut pas toujours penser aux choses sérieuses. Trouvez pas? On peut s'amuser un peu, sainement, bien sûr. Dans la foule, j'ai aperçu le petit voyou de New York qui dansait avec une grande belle fille. Il s'en donnait à cœur joie. On est parti assez tard.

Le lendemain matin, comme je traversais la cour du quartier, j'ai vu arriver vers moi un petit homme replet, au visage rond comme une lune et portant des lunettes à monture d'or : un officier.

Il s'est avancé à grands pas vers moi et il m'a demandé si j'étais bien l'interprète? Je lui ai dit que oui. A quoi il m'a répondu qu'il était le rabbin et qu'il serait très heureux si je voulais bien me charger d'une mission. Voilà : il s'agissait de rechercher les israélites qui pouvaient encore rester en ville et de les lui amener au quartier.

Bien sûr que j'étais d'accord pour cette mission. J'allais tout de suite me rendre à la mairie pour m'informer. Il m'a accompagné jusqu'à la porte du quartier, à petits pas, et bavardant. Il voulait savoir si j'étais gaulliste ? Et ce que je pensais de la situation politique en France ? Et pourquoi nous avions tant de partis politiques. On lui avait dit qu'il en existait quarante-huit en France. Est-ce que je ne trouvais pas cela ridicule ? Les Américains, eux, n'en avaient que deux. C'est pourquoi les choses allaient si bien chez eux.

En arrivant à la grille nous avons rencontré le lieutenant-colonel Marquez. Comme le tribunal de guerre ne siégeait pas aujourd'hui il était allé faire un tour à pied pour sa santé. Je l'ai laissé avec le rabbin.

Il faisait très beau. La ville était très animée, c'était jour de marché. A la mairie on m'a donné un nom, une adresse, indiqué le chemin. Dix minutes plus tard je suis arrivé devant une vieille maison grise, avec de petites fenêtres toutes fermées, une porte étroite sans couleur que je n'ai eu qu'à pousser.

Au fond d'un couloir obscur j'ai trouvé un escalier de bois. Sous mes brodequins militaires cet escalier résonnait comme un tambour. Je n'ai rencontré personne. Au troisième et dernier étage je n'ai trouvé qu'une seule porte. C'est là que j'ai frappé mais personne n'a répondu. J'ai frappé de nouveau un peu plus fort et j'ai attendu. Toujours pas de réponse.

J'allais repartir quand la porte s'est entrebâillée

doucement et j'ai vu apparaître le visage ridé d'une très vieille femme échevelée d'au moins soixante-quinze ans qui me regardait avec frayeur. Cette bouche sans dents, ces cheveux épars, la profonde attention de son regard...

J'ai fini par lui dire que je venais de la part du rabbin, que le rabbin la priait, elle et tous ses coreligionnaires qui pouvaient se trouver en ville, de venir le voir au collège où se trouvaient les troupes américaines.

Elle a ouvert la porte. Je suis entré dans une pièce à peu près vide. Sans un mot, la vieille femme est allée tout droit à une commode dont elle a ouvert un tiroir. Elle a sorti du tiroir des photos qu'elle a étalées sur une table : les portraits de ses enfants et de ses neveux que les Allemands étaient venus chercher ici. Une fois ils en avaient emmené trois d'un coup. Elle m'a dit cela d'une voix sans larmes, puis elle a remis les photos dans le tiroir et elle m'a fait entrer dans une pièce voisine où se trouvait couché sur un grabat un vieillard chauve aux joues creuses, aux yeux creux, à la longue barbe blanche, un Job moribond...

En apprenant que j'étais l'envoyé du rabbin, il m'a tendu une main de squelette toute froide et retrouvé un peu de souffle pour me prier de remercier le rabbin et de lui dire qu'il l'excuse de ne pouvoir se rendre à son invitation étant pour cela trop faible.

J'ai salué le vieux Job et nous sommes revenus

207

dans la première pièce. Là, la vieille femme m'a dit qu'elle se rendrait, elle, à l'invitation du rabbin et qu'elle se chargerait de prévenir les autres — ce qui serait vite fait — ils n'étaient plus que cinq en tout.

Elle a ouvert la porte et nous nous sommes regardés, nous ne savions quoi nous dire. A la fin, je lui ai demandé pourquoi elle ne m'avait pas répondu tout de suite, quand j'avais frappé? Mais j'ai compris, à son regard, que je n'aurais pas dû lui poser cette question. Est-ce que je ne savais pas l'horreur dont elle avait été saisie en entendant le bruit de mes brodequins sur les marches?

J'ai redescendu l'escalier lentement, en m'efforçant de faire le moins de bruit possible. J'ai retrouvé la rue pleine de soleil et de monde et j'ai marché au hasard assez longtemps sans une idée en tête, en regardant plus ou moins les vitrines des boutiques. J'aurais voulu trouver un ou deux flacons de parfum d'une bonne marque pour offrir à Bob. Cela lui aurait fait tant plaisir!

Tous les Américains étaient fous à l'idée de ramener à leurs femmes des parfums français. Je suis entré dans deux boutiques de coiffeurs pour dames mais je n'y ai rien trouvé. On m'a répondu que les Allemands avaient tout raflé depuis longtemps.

En me voyant arriver dans mon bel accoutrement militaire, les gens me prenaient pour un

Américain, ils me parlaient en charabia ou dans un anglais de collège et quand je leur disais que j'étais français ils avaient l'air de penser que je leur avais fait une blague. Ils devenaient méfiants, voulaient savoir d'où je venais et ce que je faisais là. Interprète ? Ah ! Ah ! Et ils sont gentils, les Américains ? Très gentils, mais oui. Pourquoi pas ? Et ils vont rester encore longtemps par là ? Comment le savoir ? Jusqu'à ce que les Allemands enfermés dans Brest se soient rendus...

J'ai continué à parcourir les rues et dans la quatrième ou cinquième boutique où je suis entré j'ai enfin trouvé mon affaire. Deux flacons de parfum. Je les ai fourrés dans ma poche et je suis rentré et me suis mis à la recherche de Bob, mais Bob n'était pas là.

Allant et venant à travers le quartier, j'ai entendu parler d'une nouvelle très vilaine affaire qui venait de se passer dans un village de la zone de combat. Il s'agissait du meurtre d'un combattant volontaire français par un officier des Rangers.

Les choses s'étaient passées tard la nuit précédente pendant que nous étions au bal. Comme le volontaire quittait le café où il avait passé la soirée à boire avec l'officier américain, celui-ci l'avait suivi et, à trois pas, il lui avait tiré dans le dos tout ce que contenait son chargeur.

Je suis allé au garage. Joe n'y était pas. Je n'ai pas

vu la jeep. La fin de la journée est arrivée, les lieutenants n'avaient pas paru au mess. En sortant du mess je suis retourné au garage, la jeep n'y était toujours pas. Alors j'ai pensé aller m'asseoir un instant sous le grand chêne mais, en m'avançant vers la porte, j'ai vu qu'il n'y avait personne sous le chêne. Par une si belle soirée !

Le factionnaire était tout seul près de la porte. J'ai voulu savoir ce qui se passait et je l'ai demandé au factionnaire qui m'a répondu par un grognement. Il était de très mauvaise humeur. Il s'en foutait bien de ce qui se passait ! Et tant mieux qu'il était de garde, parce que sans ça... mais non, quand même. Il espérait bien que non. Ces salauds-là ! Mais lui, quand même il n'y serait pas allé, parce que, vous savez...

Il me regardait avec un sourire bizarre d'une grande tristesse. Il s'est mis à compter sur les cinq doigts de sa main droite. Je ne comprenais pas du tout ce que signifiait sa mimique. Le pouce de sa main gauche dressé, il a posé dessus l'un après l'autre, comme qui pianote, le bout de chacun des doigts de sa main droite, et, en même temps, toujours avec le même sourire, il murmurait quelque chose que je ne comprenais pas. Ah ! Il épelait un mot. Pas possible !

— La Bible ?

— Oui. Sûr ! B-I-B-L-E...

Qu'est-ce que la Bible venait faire ici ? Et c'était une grande chance qu'il fût de garde, parce que sans ça... disait-il. Et sans la Bible, justement ! Mais quand même non! Il espérait bien que non! Mais quelle bande de salauds! Tous de vrais cochons! C'était pour ça qu'il n'y avait personne ici devant les grilles et pas grand monde au quartier non plus. Je n'avais qu'à regarder les cours, personne à se balader.

— Alors... où sont-ils?

— Vous n'avez qu'à aller faire un tour en ville! m'a-t-il répondu avec un rire forcé.

C'est ce que j'ai fait. Je n'ai pas eu besoin d'aller bien loin. Dans une petite rue étroite j'ai vu, alignés sur le trottoir, une longue file de G.I. le long de la rue, ils étaient bien plus d'une centaine. On inaugurait un bordel.

... Je ne suis pas resté là. Je suis rentré au quartier et, en passant, le factionnaire m'a dit:

— Alors? Vous avez vu?

— Oui.

— Cochons!

Je n'ai rien répondu. J'ai fait quelques pas dans la cour, mais le factionnaire m'a rappelé pour me dire que le lieutenant Stone venait de rentrer et qu'il me cherchait. Je n'avais qu'à me rendre au garage voir Joe. Ils étaient peut-être encore ensemble.

— Il paraît qu'il se passe une drôle d'histoire? Qu'on a assassiné un type par là, dans un bistrot? Oui? Et alors?

J'ai aperçu la jeep, Joe était encore au volant. Bob a sauté de la voiture tandis que Joe arrêtait le moteur. Je n'ai pas vu le lieutenant Bradford. Bob est accouru à ma rencontre, il m'a entraîné tout de suite en marchant très vite, vers les cuisines — il a commencé par me dire qu'il en avait plus qu'assez de ce sale métier de con, qu'il était crevé, fourbu, affamé par-dessus le marché, et maintenant, avec cette putain d'affaire sur les bras !

— Une très sale histoire, vous pouvez me croire !

J'étais sans doute au courant ? On ne devait parler que de ça au quartier ? Ce fils de chienne ! Tout son chargeur dans le dos du pauvre type.

— Moi, j'en ai par-dessus la tête. Je ne suis pas fait pour ça. Je suis un avocat, moi. C'est l'armée qui fait de moi un procureur. Mais si vous croyez que ça m'amuse, oh, Seigneur ! Le salaud ! Il redescendait des avant-postes quand il est entré dans ce café où il y avait déjà l'autre type. Ils se sont mis à boire ensemble. Et d'après le seul témoin que l'on ait pu entendre jusqu'à présent — vous savez, il ne faut pas vous étonner si je ne vous ai pas demandé de venir en enquête avec nous, parce que dès ce matin de bonne heure est arrivé ici un de nos agents, un officier des services secrets, c'est lui qui a fait l'interprète, c'est lui qui a interrogé la servante. Bon ! D'après la servante les deux hommes avaient l'air, au début, très contents l'un de l'autre. Mais attendez. Trouvons d'abord un coin où nous asseoir.

Nous sommes entrés dans la cuisine et nous nous sommes assis n'importe où devant une table. Je m'attendais à trouver là le petit voyou de New York, il n'y était pas. A sa place, un grand jeune type un peu gros, très bronzé, auquel Bob a commandé du thé et n'importe quoi à manger. Avant de reprendre son récit il m'a dit de bien regarder le type qui nous servait : un Indien, un vrai Peau-Rouge pur sang.

Et, là-dessus, tout en dévorant comme un affamé, il a continué à me raconter comment, toujours d'après la servante d'auberge, les deux hommes s'étaient un peu disputés, vers les dix-onze heures du soir. Ils avaient déjà pas mal bu l'un et l'autre. La servante avait été incapable de dire quel avait bien pu être le sujet de la dispute mais elle croyait avoir deviné que l'officier américain exigeait de l'autre quelque chose à quoi ce dernier refusait de consentir. Elle pensait qu'il s'agissait de quelque chose que le Français avait dans sa poche et qu'il ne voulait pas montrer.

Le ton avait monté et la servante avait pris peur en pensant qu'ils allaient finir par se battre. Mais loin de là, ils s'étaient calmés et remis à boire, debout devant le comptoir, jusqu'à minuit. A ce moment-là, le Français est parti, en sortant par une porte de derrière donnant sur une cour. L'autre l'a suivi et il lui a tiré dans le dos tout ce qu'il avait dans son chargeur. Sale fils de chienne !

— *All right!* Allons dormir. Rien ne vaut le sommeil.

Le lendemain matin, après le mess, le lieutenant Bradford m'a conduit dans une pièce où j'ai vu la servante d'auberge, le témoin numéro un, une jeune fille de pas vingt ans assise sur le bord d'une table. Elle irait en balançant ses jambes. Une jeune paysanne endimanchée, rose et blonde, l'œil vif, une belle jeune fille qui s'était pomponnée comme pour aller à la fête et qui riait au moindre mot qu'elle disait. Deux officiers se trouvaient là.

L'un d'eux interrogeait la jeune fille. L'autre, penché sur une table, étudiait une carte devant lui. J'ai compris que les deux officiers étaient les agents des services secrets.

Aux premiers mots que j'ai entendu prononcer par l'officier qui interrogeait la servante, j'ai vu qu'il s'exprimait dans un français parfait, sans la moindre faute, sans le moindre accent. A peine étions-nous là depuis un instant que sont arrivés un jeune lieutenant aussi inconnu de moi que les deux officiers, accompagné d'un petit garçon d'une douzaine d'années. Le lieutenant Bradford m'a présenté son jeune confrère : le lieutenant Reginald Bryant — familièrement Reggie. Provisoirement c'était le jeune Reggie qui allait assumer les fonctions de Bob. Quant au petit garçon, il était le fils d'une famille française, amie du lieutenant Bradford.

Comme ce petit garçon ne se portait pas bien, le lieutenant Bradford avait décidé de l'amener à un docteur de sa connaissance dans un hôpital de campagne. On allait partir tout de suite. Avant de quitter la pièce j'ai tout juste eu le temps d'entendre l'officier demander à la jeune servante si elle pouvait dire quel avait été le sujet de la dispute?

Oui. Elle croyait pouvoir dire que l'officier américain demandait au Français de lui montrer ses papiers. Le Français refusait. Elle croyait d'autant mieux pouvoir le dire qu'elle s'était souvenue plus tard que le Français le lui avait dit. « Tu parles! Il veut que je lui montre mes papiers! Sans blague! Tout américain qu'il est, j'ai pas à lui montrer mes papiers, moi, je ne les ai pas montrés aux Boches! »

Le lieutenant Bradford avait déjà ouvert la porte à travers laquelle Reggie faisait passer le petit garçon. Je suis sorti le dernier.

Le deuxième officier des services secrets était toujours penché sur sa carte. Il y traçait quelque chose avec un crayon. La jeune fille continuait à balancer ses jambes. J'ai rejoint le lieutenant Bradford, Reggie et l'enfant. Joe, près de la jeep, fumait sa cigarette. En nous voyant arriver, il s'est installé au volant. Nous sommes montés en voiture, le lieutenant Bradford auprès de Joe, le jeune lieutenant Reggie et moi dans le fond, le petit garçon entre nous.

— O.K., Joe!

Pauvre petit garçon! Il était bien pâlot, et absolument muet.

En route, j'ai appris que le médecin que nous allions voir — médecin-chef d'un hôpital de campagne — avait connu l'accusé, et que le témoignage moral qu'il pourrait fournir sur lui aurait tout son poids. Le procès du meurtrier aurait lieu d'un jour à l'autre. Reggie tiendrait le rôle du procureur, Bob celui de l'avocat. C'était pour cela que Bob ne nous avait pas accompagnés. Il avait à s'entretenir avec la servante d'auberge et les officiers des services secrets. Ce serait Reggie qui allait recueillir le témoignage du médecin-chef.

Le petit garçon ne disait toujours rien, il avait toujours l'air aussi malheureux.

— Dites-lui, s'il vous plaît, me demanda Reggie, qu'il n'a pas à avoir peur. On ne lui fera pas mal.

J'ai demandé à Reggie de quoi souffrait l'enfant. Il m'a répondu qu'on n'en savait rien, sinon d'une sorte de langueur. Pendant l'occupation il n'avait guère mangé à sa faim. On allait l'examiner sérieusement, faire des analyses et des radios, le garder peut-être un jour ou deux à l'hôpital.

J'ai expliqué tout cela au petit garçon. Il m'a souri. Et nous avons poursuivi notre chemin à travers une campagne un peu grise, ce matin-là.

Reggie me rappelait Bill, bien qu'il ne fût pas un colosse comme lui, loin de là! et qu'il fût de deux ou trois ans son aîné.

Tout comme Bill, Reggie était un très bon et honnête garçon d'une grande fraîcheur. Un excellent jeune homme innocent.

Après bien des détours à travers des chemins creux, nous sommes arrivés dans une grande prairie plate et longue, toute verte, au milieu des arbres l'entourant de partout. C'est dans ce lieu hors du monde sur lequel il commençait à bruiner qu'était installé l'hôpital de campagne : longues tentes de toile grise toute neuve. Avant de descendre de voiture, le lieutenant Bradford a fait remarquer que nous étions parfaitement à l'heure. Il a complimenté Joe en lui disant qu'il était aussi exact que le chemin de fer. C'est avec un sourire et un clin d'œil que Joe a accepté le compliment.

Joe est resté dans la jeep, nous sommes entrés sous une tente. Le médecin-chef nous attendait. Lui aussi a commencé par nous féliciter sur notre exactitude, sur le ton, avec la voix et les gestes, le sourire d'un homme de très bonne compagnie, doux, réfléchi, savant, conscient de sa supériorité peut-être, mais n'oubliant pas un instant ce qu'il doit aux autres. Un homme fluet d'assez grande taille, les cheveux blancs.

— Ah ! Voilà notre petit malade... Très bien ! Nous allons nous occuper de lui, a-t-il fait en posant tendrement sa main sur la tête du petit garçon. Puis, s'adressant à moi : — Vous êtes l'interprète, je présume ? Oui ? Très heureux de vous rencontrer. Dites à ce jeune homme que nous allons nous occuper de lui et que nous ne lui ferons pas de mal ! Dites-le-lui. Nous le garderons peut-être un jour ou deux et vous reviendrez le chercher, n'est-ce pas, lieutenant Bradford? Dites-lui que nous avons ici de très gentilles infirmières qu'il ne voudra plus quitter! Hum! Il n'a pas trop bonne mine.

Tous ces petits mots qu'il disait en nous entraînant dans son cabinet n'étaient que des mots de politesse et de gentillesse pour tout le monde, une façon souriante de nous accueillir. Dans chacune de ses paroles, le moindre de ses gestes, dans ses regards apparaissait une vraie chaleur mais on sentait aussi qu'il se possédait et devait savoir prendre son temps pour tout.

Il a gardé la main sur la nuque du petit garçon en le poussant doucement devant lui jusque dans son cabinet où il nous a fait asseoir. Il a lâché l'enfant et il est resté lui-même encore un instant debout, le temps de nous dire que, parfois, quand il avait le temps d'une petite promenade à pied, là-bas, chez lui, il aimait bien rencontrer des enfants dans la rue. Il y avait toujours beaucoup d'enfants dans les rues qui jouaient, qui regardaient les vitrines ou qui marchaient comme tout le monde en allant faire une commission, et il aimait bien, en passant, poser sa main sur une tête d'enfant. Sentir une tête d'enfant sous sa main.

— La plupart du temps ils ne s'en aperçoivent même pas... Mais de temps en temps tout de même vous en trouvez un qui se retourne et vous sourit. Bon. Et maintenant, a-t-il achevé en s'asseyant, parlons de choses sérieuses...

Le lieutenant Bradford a paru assez embarrassé. Allait-on s'occuper d'abord du petit garçon... ou bien...

— N'est-ce pas, monsieur le médecin-chef, nous avons à parler de... vous savez, cette triste affaire?...

— Oh! s'est récrié le médecin-chef. Bien entendu, a-t-il fait en appuyant sur un bouton.

Un autre médecin est arrivé auquel le médecin-chef a confié l'enfant. On m'a prié de les accompagner et nous sommes allés dans une salle de consultation. Les deux lieutenants et le médecin-chef sont restés entre eux.

Avec quels soins, quelle sollicitude, quelles précautions médecins et infirmières se sont intéressés au petit! Avec quel art fait de tendresse, d'humour, de prévenances et de fermeté! Le petit garçon a été interrogé, examiné, tourné, retourné dans tous les sens de telle manière qu'il a cru lui-même à un jeu. Autour de lui, rien que des visages souriants, des gestes mesurés, jamais de hâte, une atmosphère de sécurité, si bien qu'à la fin, quand j'ai été chargé de lui apprendre qu'on allait le garder deux ou trois jours, au bout desquels le lieutenant Reggie reviendrait le chercher, c'est par un sourire heureux qu'il m'a répondu.

On l'a emmené sur un chariot bien plus pour l'amuser que par nécessité. Il s'est laissé faire. C'est sur cette vision tranquille que j'ai quitté le petit malade pour retourner dans le cabinet du médecin-chef. On n'attendait plus que moi pour prendre congé.

Après m'avoir demandé des nouvelles du petit malade et lui ayant répondu qu'on le garderait deux ou trois jours :

— O.K.! a dit le médecin-chef en faisant un pas vers la porte.

Le temps qu'il avait prévu de nous consacrer était écoulé. Il ne lui restait plus qu'à remplir les devoirs de la courtoisie et c'est de la manière la plus posée, comme s'il n'avait rien eu d'autre à faire, en marchant du pas le plus tranquille, qu'il nous a raccompagnés jusqu'à la jeep. Tout en marchant, il a résumé ce qu'il venait de dire aux lieutenants :

— Je vous le répète, et je regrette d'avoir à le dire : *He is a killer*, c'est un tueur !

A plusieurs reprises il a répété : *He is a killer*...

Les deux lieutenants marchaient près de lui la tête basse.

— *He is a killer !* a répété encore une fois le médecin-chef. Je le connais bien, hélas !

Ce tueur n'avait-il pas tout récemment abattu dans une file de prisonniers autant d'hommes qu'il avait de cartouches dans son chargeur ?

Il n'aimait pas la façon dont ces hommes-là le regardaient, avait-il dit ensuite.

— Voilà en résumé ce que je puis vous dire sur son compte et, croyez-moi, je regrette d'avoir à le faire.

En quittant l'hôpital, le jeune lieutenant Reggie

m'a paru tout changé. Et le lieutenant Bradford de même. Ils restaient l'un et l'autre bien silencieux, le lieutenant Bradford plus silencieux encore que d'habitude, mais trop bien élevé pour rien changer à ses manières et trop respectueux de sa propre personne et de celle des autres pour s'abandonner à des confidences. Ils ne pensaient l'un et l'autre qu'à l'insistance avec laquelle le médecin-chef avait répété que l'accusé était un tueur : « *He is a killer.* » Si un homme comme celui-là pouvait affirmer une telle chose, on devait le croire sur parole. On pouvait être sûr qu'il avait mesuré la portée de son témoignage.

Nous roulions lentement. Il n'y avait aucune raison de se presser de rentrer, dit le lieutenant Bradford. Nous pouvions même prendre le temps de nous arrêter quelque part pour manger un morceau. Il y avait toujours des rations à bord de la jeep.

Joe semblait perplexe, ne sachant plus pour une fois quel chemin prendre.

Nous nous trouvions tout près de Brest, d'où nous parvenaient des rumeurs. A plusieurs reprises, nous avons aperçu dans les champs des petits postes de combattants volontaires français dans des trous d'obus. Il bruinait toujours. Nous avons traversé de grandes étendues solitaires, des landes chauves, toutes bosselées de petits rochers noirâtres avec, une fois, au bout de l'une d'elles, sur un monticule pelé, une chapelle. Le lieutenant Bradford ne parlait plus de s'arrêter. Joe allait toujours. Où qu'il nous menât pour le moment, nous étions sûrs, dès qu'il en recevrait l'ordre, qu'il retrouverait le bon chemin et nous ramènerait tout droit au quartier.

— Et vous savez ce qu'il faisait, l'autre? ai-je entendu soudain.

C'était le lieutenant Bradford qui posait cette question. L'autre? De qui s'agissait-il? Il s'agissait de l'autre officier des services secrets, celui qui étudiait la carte.

Il étudiait l'itinéraire de « l'espion » depuis son arrivée en France. D'après les papiers retrouvés sur le cadavre de la victime...

— Vous allez le faire passer pour un espion?

— Pourquoi dites-vous cela, Louis? Les services secrets le diront...

Il s'est tu. Moi aussi. Reggie n'avait rien dit. Quant à Joe, en sa qualité de simple chauffeur, sans doute pensait-il n'avoir jamais le droit de rien dire, tout citoyen qu'il était de la plus grande démocratie du monde.

Nous avons continué à rôder assez longtemps, tantôt au milieu des troupes, tantôt à travers des lieux déserts. Nous avons traversé des villages grouillants de soldats. Le lieutenant Bradford a donné l'ordre de rentrer. Joe a retrouvé la grand-route et Reggie s'est souvenu des rations.

On les a trouvées, et on s'est mis à grignoter des biscuits.

Tout à coup le lieutenant Bradford a donné l'ordre d'arrêter et de couper le moteur.

— Écoutez! a-t-il dit.

Nous avons tendu l'oreille : le silence, le plus profond silence.

— Mon Dieu! s'est écrié le lieutenant. C'est fini!

Nous étions en pleine campagne. Autour de nous rien que les terres à perte de vue, les prés, les bois, de vagues collines, à peine un clocher lointain dans la grisaille et pas un bruit, sauf les bruits familiers de la terre, pas un éclatement d'obus, pas un tir de mitrailleuse, rien : le hennissement d'un cheval.

C'était vrai. Les Allemands venaient de faire leur reddition.

Si nous en avions douté, la preuve nous en aurait été donnée tout de suite par le passage d'un convoi de prisonniers, la veste déboutonnée et les mains croisées sur la nuque, entassés debout sur les plates-formes de camions découverts.

Le convoi roulait lentement. Ne pouvant s'agripper à rien, les prisonniers dodelinaient de droite et de gauche comme des poupées de son. Des hommes sans regard. Nous sommes restés sur le bord de la route en attendant de pouvoir repartir. Mais ce convoi passé il en est survenu un autre, un convoi sanitaire, qui en croisa un troisième : des troupes américaines qui remontaient.

Joe lui-même n'a pas songé à démarrer à travers cette cohue. A peine le passage du convoi sanitaire venait-il de s'achever qu'il est encore arrivé un convoi de prisonniers tout aussi long que le premier, les hommes, comme les précédents, debout sur les plates-formes des camions, la veste ouverte et les mains croisées derrière la tête. Le lieutenant Bradford m'a tout à coup jeté un vif regard.

— Je vois à quoi vous pensez. Non?

— Si, ai-je répondu. Et vous?

Il a haussé les épaules, en signe d'impuissance, de résignation peut-être, sûrement de dégoût. « Je n'aimais pas la façon dont ils me regardaient », avait dit l'officier des Rangers après avoir abattu autant de prisonniers qu'il avait de cartouches dans son chargeur. Bien sûr que c'était à cela que je pensais, et lui aussi.

Le dernier camion passé, Joe s'est décidé, il a tout de suite embrayé, et nous avons repris la route.

Le retour n'a pas été trop facile. Tout le pays était en rumeur, les routes encombrées de voitures et de camions, les villages grouillants d'hommes de troupe, des milliers de prisonniers à évacuer, des blessés, des réfugiés. On disait que Brest était aux trois quarts en ruine, qu'il ne restait plus rien des installations portuaires, arsenal, docks, jetées...

En arrivant au quartier au milieu de la cour, trois gros camions qui venaient tout juste d'arriver là — les conducteurs étaient encore à leurs volants — autour desquels s'empressaient les hommes qu'on voyait prendre quelque chose dans le camion et repartir aussi vite qu'ils le pouvaient. C'étaient des camions pris aux Allemands et amenés tout droit, bourrés de bouteilles d'alcool, de liqueur, cognac, rhum, Cointreau, vodka. Chacun arrivait, se servait et repartait en vitesse sans s'occuper des cris des conducteurs qui s'époumonaient à répéter que cette part de butin était réservée aux officiers!

— Aux officiers seulement, bande de salauds, fils de chiennes! Vous allez drôlement vous faire baiser. La Cour martiale n'est pas loin!

L'apparition du lieutenant Bradford a mis les pillards en fuite. Le lieutenant a décidé qu'on n'allait pas faire d'histoires pour quelques bouteilles d'alcool. Ils n'avaient qu'à ne pas recommencer. Après tout, aujourd'hui c'était jour de victoire.

La première chose que Bill a faite en me voyant arriver a été de me montrer son Journal de guerre. D'une grande écriture, et soulignée de deux gros traits noirs, il venait de noter la date du 18 septembre au-dessous de laquelle j'ai lu ceci : « La reddition des Allemands enfermés dans Brest a eu lieu aujourd'hui 18 septembre à trois heures de l'après-midi. Après quarante-trois jours de siège et quatre ans et trois mois d'occupation. » Ceci était écrit en très grosses lettres et souligné. Ensuite, Bill avait laissé un blanc, puis, d'une écriture normale, il avait noté : « Hier nous avons appris que plusieurs petites villes allemandes sont tombées aux mains des troupes alliées. Nancy a été libérée par les Forces françaises. Les Allemands reculent partout. Victoire ! » Le mot victoire comme la date du jour : en capitales et souligné deux fois.

Il m'a dit qu'il ne croyait pas avoir le droit de tenir un journal de guerre, mais comme dans ce journal il ne consignait que des impressions personnelles ou de grandes dates comme celle d'aujourd'hui, et jamais, bien entendu, de secrets militaires, il pensait pouvoir continuer à le tenir, sûr et certain que même s'il tombait un jour entre les mains de l'ennemi, l'ennemi n'en pourrait rien tirer.

— Et puis il n'y tombera pas!

— Bravo, Bill! Avez-vous des nouvelles du lieutenant Stone?

— Bob?

— Oui, Bob.

— Bob? Je l'ai vu cet après-midi se promener par là avec un de ses amis. Et alors, toujours vos Noirs? Toujours leurs sales histoires avec des femmes?

— Non, Bill. Pas pour le moment.

Était-il possible qu'il n'eût pas entendu parler de cette « sale affaire »? Si. Il en avait entendu parler, mais comme ça, en gros. Une histoire de meurtre, n'est-ce pas? Dans laquelle un officier des Rangers se trouvait compromis?

— C'est cela, Bill. Et Reggie? Le lieutenant Reggie? Vous le connaissez?

— Oh, Reggie! Bien sûr. C'est un garçon très sensible.

— Nous avons conduit un enfant dans un hôpital de campagne, un enfant de douze ans d'une famille amie de Reggie.

— Ah! C'est bien! Très bien. Nous aimons beaucoup les enfants chez nous.

— Je sais, Bill.

— Et on ne les aime pas encore assez, car si on les aimait mieux on mettrait un peu plus d'entrain à changer le monde.

Il a refermé son Journal de guerre. Je lui ai parlé des convois de prisonniers que nous avions rencontrés sur la route, des hommes debout dans des camions découverts, la veste ouverte et les mains sur la nuque, dodelinants.

— Si vous aviez vu cela, Bill!

— Je le verrai tout à l'heure à notre cinéma de l'armée. Nos actualités sont très bien faites. Et vous savez que chez nous les prisonniers sont très bien traités. Nous sommes des démocrates et nous faisons la guerre sans haine. N'avez-vous pas entendu dire que, pour nous, la guerre n'est pas une affaire passionnelle, mais une affaire de laboratoire?...

La fin de cette journée de victoire s'est passée comme toutes les autres. On n'a ni bu ni chanté. Au mess j'ai vu que les gens se nourrissaient comme tous les jours de leurs excellents consommés en boîte, de leur maïs, de leurs pâtisseries au miel, en buvant, chacun selon son goût, du thé, du chocolat ou du Nescafé. La rumeur des conversations a été comme d'habitude celle d'une assemblée de gens de bonne compagnie qui dès l'enfance ont appris à se « contrôler ».

En sortant du mess il était encore de trop bonne

heure pour aller dormir. Le crachin avait cessé depuis longtemps. Le seul emploi raisonnable de la fin de la soirée était d'aller s'asseoir sous le grand chêne.

Comme je m'y rendais, quelqu'un m'a abordé et demandé si je ne voudrais pas venir avec lui jusqu'à une maison voisine où il se passait quelque chose de bizarre. Je l'ai suivi. En passant, j'ai vu qu'il y avait déjà du monde sous le grand chêne. A cause de l'herbe mouillée les gens avaient amené des bancs, des chaises. Bob était là bavardant avec un inconnu, sans doute cet ami dont m'avait parlé Bill.

Toujours suivant mon guide, nous sommes arrivés devant une petite maison bourgeoise qui paraissait abandonnée. Là, en bas, dans une grande pièce vide de meubles, sauf une table, se trouvaient quelques hommes de troupe et trois filles. Par terre, et contre les murs, des armes. Des bandes de cartouches sur le plancher, des mousquetons appuyés aux murs. Au milieu de cet arsenal les trois filles, toutes les trois assez jeunes, allaient et venaient en riant très fort, tantôt en regardant les hommes d'un air moqueur, tantôt en feignant d'ignorer leur présence, tantôt arrangeant un bas, tantôt se remettant du rouge ou de la poudre.

Les hommes se mordaient les pouces. J'ai entendu l'un d'eux murmurer tout bas qu'il n'avait pourtant pas envie de se faire « brûler ». Ils voulaient savoir qui elles étaient, d'où elles venaient.

Mais d'où qu'elles vinssent, elles étaient bel et bien toutes les trois des putains sortant d'un bordel allemand, perdues dans la débâcle, et n'en sautillant pas moins, n'en faisant pas moins retentir le plancher du bruit de leurs hauts talons un peu comme celui des chevaux, n'en riant pas moins haut stupidement en jetant sur les uns et sur les autres des œillades lubriques, tournant, virant et virevoltant dans leurs pauvres toilettes criardes, rose, mauve, verte... Peut-être avaient-elles bu?

J'ai prévenu les hommes de ce qu'elles étaient et leur ai recommandé de faire attention. L'un d'eux, fort en colère, m'a répondu Dieu sait pourquoi que « tout cela » c'était la faute des juifs, puisqu'ils étaient partout...

— *This Goldstein... that Epstein.*

Comme je m'approchais du grand chêne, Reggie s'est levé pour venir à ma rencontre. Il m'a entraîné un peu à l'écart.

— Vous savez avec qui il est?

Il n'est pas bien nécessaire de lui demander de qui il me parlait. Il parlait du lieutenant Stone. Il était là, sous le chêne, avec son ami.

— Oui, m'a dit Reggie. Avec le frère de l'accusé.

— Ah?

— Il paraît qu'ils ont passé toute la journée ensemble.

J'ai répondu à Reggie qu'il est bien naturel qu'un frère...

— Peut-être, m'a-t-il répondu tristement. Vous savez que le procès aura lieu demain matin ? Et que le lieutenant Stone sera le défenseur ? Et que vous ne serez pas convoqué ?

Cela ne m'a pas surpris. C'était du reste bien normal. La présence à l'État-Major des deux officiers des services secrets rendait bien inutile qu'on eût recours à moi.

Le procès a commencé à neuf heures. Ainsi que me l'avait annoncé Reggie, je n'ai pas été convoqué. Je me suis promené. J'ai aperçu le rabbin, entouré de quelques personnes : les derniers israélites rassemblés par les soins de la pauvre vieille.

A midi, le procès était terminé : acquitté...

... Il est entré au mess accompagné du lieutenant-colonel Marquez et de quelques membres de la Cour qui lui faisaient comme une escorte. Bob est apparu un peu après mais c'est l'autre que j'ai vu le premier : un ogre. L'ogre des légendes. Le tueur. Un grand gros ogre, une large figure écarlate, rayonnant, riant de toutes ses dents.

Nous sommes partis le surlendemain en convoi pour une destination inconnue. Mais il ne faisait guère de doute pour personne que c'était vers le nord que nous allions nous diriger d'abord, vraisemblablement vers la Belgique. Mes voisins dans le camion où j'avais pris place m'étaient inconnus.

Où étaient passés les lieutenants Stone et Bradford, Reggie et Joe, je ne le savais pas. Et Bill? J'étais assis à l'avant d'un camion, nous roulions à gauche, à droite roulaient de très gros camions et des pièces d'artillerie. Nous avons traversé des villes et des villages. Les gens nous acclamaient, les mains se levaient les doigts écartés, faisant le V de la Victoire.

Nous avons roulé toute la matinée. Ce n'est que vers une heure de l'après-midi que le convoi s'est arrêté sur le bord de la route. Tous les hommes sont descendus. On a distribué des rations, les hommes se sont assis comme ils ont pu sur les talus. Notre halte n'a pas duré dix minutes.

Au soir tombant, nous avons traversé la ville de Fougères plus qu'à moitié en ruine et notre convoi s'est arrêté le long d'un grand pré. On a laissé les voitures sur le bord de la route et les hommes ont dressé les tentes pour la nuit, en haut du pré.

En bas, derrière une haie, coulait un ruisseau. Le soleil déclinait. De l'arrière la haie est apparu un vieux paysan qui revenait de la pêche. Il nous a regardés en souriant et dit bonsoir. Quand les hommes ont vu le vieux paysan ils ont pensé qu'il pourrait peut-être leur trouver quelque chose de frais à manger? J'ai demandé au vieux paysan si cela était possible. Il m'a répondu qu'on pouvait toujours faire un tour par là. Nous sommes partis à quatre, le vieux paysan, deux hommes de la troupe et moi.

Le paysan nous a conduits dans des fermes. Partout nous avons été très bien reçus. Les gens nous ont donné du beurre, des œufs. Ils n'ont pas voulu d'argent. J'ai eu beau insister, leur répéter que nous voulions payer et que nous pouvions le faire, ils n'y ont jamais consenti.

Nous sommes revenus au camp avec nos provisions mais, quand les officiers ont vu cela, ils ont déclaré que les hommes pouvaient, s'ils le voulaient, gober les œufs ou en faire des omelettes, mais qu'ils leur interdisaient de toucher au beurre, qui n'était pas pasteurisé.

Là-dessus est arrivée une dame et rien qu'à la voix il était clair que c'était une riche fermière. Une belle grande femme un peu forte dans les quarante ans. Elle venait inviter les officiers à dîner chez elle.

Les officiers ont répondu avec beaucoup de courtoisie. Il ne leur était malheureusement pas possible d'accepter son invitation. C'était là une chose interdite à des officiers en campagne. La bonne dame est repartie, un peu déçue, mais admettant très bien le fait, et demandant aux officiers ce qu'elle pouvait faire pour les aider ou simplement pour leur faire plaisir! Ils ont répondu qu'ils n'avaient besoin de rien, et qu'ils la remerciaient très chaleureusement.

Le vieux paysan était toujours là. Il avait l'air très intéressé par le travail des hommes qui achevaient de dresser les tentes. Il trouvait qu'ils travaillaient très bien et vite.

— Et vous, m'a-t-il demandé, vous ne voulez pas venir manger la soupe chez nous? Tout le monde serait bien content.

J'ai répondu que oui, mais qu'il me fallait en demander la permission au colonel. Ce que j'ai fait. Le colonel m'a répondu que je pouvais bien y aller si je le voulais mais à la condition de repérer avant de partir la tente sous laquelle je dormirais afin de ne réveiller personne en rentrant et aussi de ne pas oublier le mot de passe, qu'il me donna. Nous étions une troupe en campagne — *in the field* — et il convenait de prendre les choses très au sérieux.

A table, c'est la mère qui s'est mise à raconter après que son mari lui eut dit : « Raconte, Maman Flore. Raconte-lui ce qui s'est passé au château. » Tout le monde autour de la table, son mari, ses filles, Jérôme son fils aîné, s'est préparé à écouter avec attention et respect bien que chacun d'entre eux eût pu faire le même récit.

Quelques semaines plus tôt, en un lieu dit la Croix-Saint-Bernard dans le château de M. le commandant Brémont. Pour bien faire comprendre les choses, elle a d'abord expliqué que ce château se trouvait à dix bonnes lieues d'ici, à deux lieues du village le plus proche, qu'il s'agissait d'un domaine de plusieurs dizaines d'hectares : des prés, des bois, des champs.

Depuis qu'il était revenu de la guerre, en 1918, M. le commandant Brémond vivait là seul avec Céline sa servante. Le château était une belle demeure datant d'une centaine d'années.

A son retour de la guerre le commandant Brémont avait quarante ans. Maman Flore le décrivait comme un très bel homme, le dernier héritier d'une vieille famille, vivant à l'ancienne mode, ne s'occupant que de gérer son domaine et de chasser, ne recevant guère de visites, lisant beaucoup. Céline était une fille du pays.

— Pauvre Céline ! Nous étions de la même année toutes les deux. Elle aurait eu ses cinquante-cinq ans au mois de novembre prochain, comme moi au mois de décembre. Nous allions à l'école ensemble, nous avions fait le catéchisme ensemble et la première communion ensemble. Ses parents étaient des domestiques comme les miens. Seulement moi je me suis mariée, et pas elle. Elle n'aurait peut-être pas demandé mieux, mais celui qu'elle aurait voulu est mort à la guerre en 1916. Ses deux frères aussi. Alors elle est partie en ville comme bonne à tout faire pendant quelque temps mais ça ne lui a pas plu. Elle est revenue ici. Ses parents étaient morts. Elle a travaillé par-ci par-là dans les fermes jusqu'au jour où elle est entrée au service de M. Brémont. Ça devait être dans les années 24, 25. La vie était redevenue à peu près tranquille. Céline et moi on allait sur nos trente-cinq ans...

D'après Maman Flore, Céline, à vingt ans, avait été une très belle fille solide, une belle plante, une grande fille de campagne saine, bien en chair, avec de fortes mains, un gros squelette, très brune. Revenue de la ville, elle s'était durcie, surtout de visage. Vers la trentaine, belle femme épanouie, elle donnait surtout une impression de force, de solidité assez farouche. Elle ne riait guère. Quelque chose de dur s'était installé derrière son front un peu étroit et elle avait pris une manière de plisser les lèvres, soit qu'elle répondît oui, soit qu'elle répondît non, qui ressemblait à de la rancune. Et oui et non étaient presque les seuls mots qu'elle prononçât de toute une journée.

— Quant à savoir ce qu'ils étaient devenus l'un pour l'autre cela ne regardait personne.

Ayant dit cela, Maman Flore est restée un long moment silencieuse, les mains croisées sur la table et le regard perdu.

C'est alors que son grand fils Jérôme tirant doucement son portefeuille de sa poche y a pris quelque chose qu'il a glissé vers moi sans un mot : une photo, la photo de Céline. Une photo assez récente. En me voyant prendre cette photo, la mère est revenue à elle-même.

— Oui, c'est elle. Vous voyez que je ne vous ai pas menti?

Sûrement que non! C'était bien là le visage que je m'étais représenté en l'écoutant, celui d'une paysanne d'une cinquantaine d'années, un visage travaillé par le temps et les saisons comme le sont les figures des calvaires. Une tête solide, les cheveux ramassées sous un léger bonnet de linge blanc, un visage osseux et dur, encore très beau, celui d'une vraie femme en pleine vigueur, sachant ce qu'elle voulait et le voulant comme personne. Cela se voyait à son menton, à la sévérité

239

de sa bouche, à son front qui sûrement ne s'était jamais courbé.

— C'est elle, reprit Maman Flore, et comme vous le voyez, elle n'a pas l'air bien commode! Malgré tout, n'allez pas croire qu'elle fût mauvaise, loin de là! Elle avait du cœur, elle était fidèle. Elle n'a jamais trompé personne ni laissé près d'elle une misère sans la soulager. Seulement, elle ne parlait pas. Mais elle faisait ce qui était à faire. Et de son côté, le commandant Brémont n'était pas non plus un grand bavard. Il ne fuyait pas les gens, mais il ne les recherchait pas non plus. Il pouvait s'arrêter sur la route et échanger quelques paroles avec qui il rencontrait, donner un conseil si on le lui demandait, et il paraît que ses conseils étaient toujours bons à entendre. Jour après jour il continuait à s'occuper de son domaine, de ses fermages, de ses coupes de bois, allant à la chasse quand c'était la saison, passant de grandes heures à lire au coin de son feu en hiver, sur sa terrasse en été.

Même au village on ne le voyait guère. Les gens s'étaient souvent demandé pourquoi le commandant ne s'était pas mis dans la politique? Il aurait fait un bon maire. Mais depuis longtemps le commandant ne voulait plus entendre parler de ces choses-là.

C'est ainsi que s'étaient écoulées les années et que la deuxième grande guerre était arrivée. Les Allemands avaient envahi le pays. Malgré son âge, il venait d'entrer dans sa soixantième année, le

240

commandant avait repris du service. Avant l'invasion on l'avait vu en uniforme, puis il avait disparu, assez longtemps, et quand il était revenu chez lui, les Allemands étaient déjà partout dans le pays depuis longtemps.

La Céline n'avait pas quitté le château. Il s'était remis à vivre avec elle comme il avait toujours fait avant, partageant son temps entre l'administration de son domaine, ses coupes de bois, ses fermes, où la vie était devenue si difficile ; il s'était mis lui-même au travail, allant d'une ferme à l'autre, pour aider et encourager tout le monde. A soixante ans passés, il était toujours le même bel homme, robuste et capable de travailler aussi dur et aussi longtemps que n'importe quel paysan.

Ainsi s'était passée la fin de cette première année d'occupation. Les Allemands étaient partout dans les villes et dans les villages. On voyait parfois passer de petits détachements sur les routes, mais ils n'étaient jamais venus au château.

C'est au cours de l'année suivante que Maman Flore avait entendu parler pour la première fois de ce qui se passait au château. On pouvait bien le dire aujourd'hui puisque la libération était là. Ce dont elle avait entendu parler alors, c'était de prisonniers évadés qu'on cachait au château le temps de leur trouver le moyen de vivre au grand jour avec de faux papiers, de visites furtives, que des étrangers faisaient au commandant et, bientôt, l'année d'après, on avait parlé de dépôts d'armes cachés dans le domaine, d'aviateurs recueillis au

241

château d'où ils partaient ensuite vers la côte où une corvette anglaise venait les chercher.

En 1943, le service du travail obligatoire en Allemagne ayant été décrété, le commandant avait ouvert ses portes à de nombreux jeunes gens qui refusaient de partir pour l'Allemagne. C'est ainsi que s'était formé le maquis de la Croix-Saint-Bernard dont le commandant Brémont était le chef. Dès lors les maquisards avaient vécu au château et dans les bois, s'entraînant tous les jours à la guerre, exécutant des coups de main, brûlant les voitures allemandes, faisant dérailler les trains et sauter les pylônes. Leur troupe s'était renforcée de volontaires venus de la ville et, parmi ces derniers, de deux frères, l'un âgé de dix-huit à vingt ans, l'autre de seize.

Les Allemands semblaient continuer à ignorer l'existence de ce maquis et il en fut ainsi jusqu'aux premiers jours du printemps de cette année ou le commandant fut secrètement informé que le château allait d'un jour à l'autre être attaqué non par les Allemands, mais par les miliciens de Darnand. Une formation de deux cents hommes. Aussitôt, le commandant donna l'ordre de dispersion.

— Nous n'allons pas nous battre contre des Français. Ces gens-là ne sont que des traîtres et, de plus, des bandits, mais ils sont français, et les Allemands sont là. Nous n'allons pas nous battre entre Français sous les yeux de l'ennemi.

— C'est bien ça qu'il a dit, n'est-ce pas, Jérôme, a demandé Maman Flore en se tournant vers son fils.

Oui, c'était bien cela. Les jeunes hommes du maquis avaient essayé de convaincre le commandant qu'ils pouvaient résister. Ils étaient assez nombreux pour cela. Le commandant avait maintenu son ordre. Le débarquement n'allait plus tarder. Il n'allait pas faire tuer ses hommes par ces traîtres quand on allait avoir tellement besoin d'eux dès que les Alliés auraient pris pied sur le sol de France. Lui, naturellement, il resterait au château à attendre les miliciens.

Quant à la Céline, il n'avait même pas été question une seconde qu'elle pût aller se cacher nulle part. Les hommes du maquis avaient obéi à l'ordre du commandant, sauf deux : les deux frères venus de la ville.

Caché derrière une haie, Jérôme avait vu arriver les miliciens de Darnand : un détachement de deux cents hommes en effet commandés par un lieutenant. Il les avait vus entrer par la grande porte et traverser le jardin et s'avancer en bon ordre jusqu'au château qu'ils avaient encerclé. Le lieutenant, ayant fait poster des sentinelles un peu partout, était entré avec quelques-uns de ses hommes dans le château...

Ce qui s'était passé ensuite on l'avait appris par le plus jeune des deux frères qui avait réussi à s'échapper. Le lieutenant de la Milice interpellant le commandant qui attendait en haut du grand escalier, la Céline et les deux jeunes gens près de lui :

— Comment! Vous n'êtes pas en uniforme?

Le commandant n'avait fait aucune réponse à cette question railleuse. Pas plus qu'à celle qui avait suivi.

— Où sont vos hommes?

Pas de réponse.

Les hommes de la Milice commencèrent à envahir le château et à fouiller partout. Il en restait une dizaine avec le lieutenant.

— Où sont vos armes?

Question à laquelle ni le commandant Brémont, ni les deux jeunes gens, pas plus que la Céline, bien entendu, ne répondirent.

— Ah! ah! Je vois qu'il va falloir s'y prendre autrement. A vous, les gars! s'écria le lieutenant.

Les « gars » en question se jetèrent sur le commandant, sur les jeunes gens, sur la Céline, et se mirent à les battre. C'est alors que le plus jeune des deux frères parvint à leur échapper, il ne savait pas lui-même comment.

On avait appris plus tard qu'après les avoir battus tant qu'ils avaient pu, les miliciens avaient emmené le commandant et le jeune homme et qu'ils les avaient livrés aux Allemands. Quant à la Céline, après l'avoir longtemps torturée en espérant obtenir d'elle les renseignements qu'ils voulaient, voyant qu'ils n'arriveraient à rien, ils l'avaient étouffée entre deux matelas. Le château avait été pillé de fond en comble. Jérôme, qui n'avait pas cessé de les observer comme il en avait reçu l'ordre, avait vu les miliciens repartir avec un butin dont ils avaient chargé deux camions.

Jérôme avait entendu l'un d'eux dire à un autre, sans doute une jeune recrue qu'il s'agissait d'instruire :

— Ils ont encore de la veine qu'il n'y eût pas eu de résistance, parce que, dans ce cas-là, tu sais ce qu'on fait d'habitude ? On brûle !...

L'heure était fort avancée quand j'ai quitté la ferme. Le père et Jérôme m'ont accompagné jusqu'au camp. Il faisait un merveilleux clair de lune. Nous avons marché sans nous dire grand-chose. Arrivés au bord de la route tout près du camp, nous nous sommes arrêtés avant de nous séparer et, là, le père a tiré quelque chose de sa poche et me l'a tendu, en me disant :

— Prenez toujours ça, vous serez peut-être bien content d'en boire une petite goutte en route !

C'était une petite bouteille de son eau-de-vie à lui. J'ai voulu refuser. Il m'a répondu qu'il voudrait bien voir ça ! Sûrement que chez les Américains on trouvait de tout, mais de l'eau-de-vie comme ça !

J'ai pris la bouteille et je l'ai fourrée dans ma poche. Nous nous sommes serrés la main et ils sont partis. J'ai franchi la haie clôturant le pré. Sous le clair de lune toujours aussi brillant, j'ai vu les tentes bien alignées et, marchant lentement entre les tentes, une sentinelle, l'arme sur l'épaule.

Nous nous sommes dit bonsoir. La sentinelle m'a fait remarquer comme tout était tranquille et comme la nuit était douce! En bas du pré, du côté de la rivière, quelqu'un avait allumé un feu. Je me suis approché. Un homme allongé devant un bon feu de bois. Il m'a dit bonsoir. Par une nuit si douce, il n'avait pas pu supporter de rester sous une tente. Il s'était mis en quête de bois, après avoir choisi l'endroit où il ferait son feu. Et, par Jupiter! il s'était rendu coupable d'avoir démoli un morceau d'une barrière, pour avoir un peu de bois sec, et il espérait que Dieu lui pardonnerait cette mauvaise action.

— Et alors, vous, vous allez rentrer sous la tente?

J'ai répondu que non, et qu'avec sa permission je resterais auprès du feu. Il m'a répondu :

— O.K.!

Et il a fermé les yeux.

Je me suis allongé dans l'herbe devant le feu, sous la lune toujours aussi belle, et le ciel toujours aussi brillant, et j'ai fini par m'endormir mais pas tout de suite.

Il me reste à raconter la suite et fin du voyage. J'en étais resté à cette nuit au camp auprès de ce feu d'étape au retour de la soirée où j'avais entendu le récit de Maman Flore. Après une nuit presque sans sommeil — j'avais entendu très long-temps les pas de la sentinelle — je m'étais enfin assoupi et, quand je me réveillai, c'était le grand jour et déjà on levait le camp. Moins d'une heure plus tard nous avions repris la route. J'ai vu que c'était la route de Paris.

Dans la jeep j'étais toujours entouré d'inconnus silencieux. Peut-être les hommes étaient-ils un peu plus soucieux que la veille ? Bien que la route fût claire et que, dans le ciel lumineux, on n'aperçût pas un avion, personne n'oubliait que la guerre n'était pas finie. Hitler n'avait-il pas à maintes reprises déclaré qu'il ne capitulerait jamais ?

Comme la veille, un autre convoi défilait à côté du nôtre — un convoi fait de camions et de pièces d'artillerie parfois énormes. Leurs passages produisaient un souffle puissant qui, pour ainsi dire, bousculait nos jeeps trop légères. C'était l'armée proprement dite.

... L'espèce d'indifférence contre laquelle j'avais eu tant de mal à lutter depuis des mois était toujours la même. Et pourtant l'événement était là, et j'y étais moi-même, mais étranger. Je me ressentais peut-être du récit horrible que nous avait fait notre hôtesse la veille. Récit, hélas, qui venait s'ajouter à tant d'autres non moins horribles, de maisons brûlées de jeunes gens pendus sous les balcons des places de villages, de rafles et de massacres comme aux temps les plus sombres de la vieille histoire.

Nous avons roulé toute la journée. Nous ne nous sommes arrêtés que quelques instants je ne sais où, en pleine campagne au bord de la route, pour manger nos rations. Et puis nous sommes repartis. C'était toujours le même défilé, à côté de nous, les mêmes camions chargés de troupes, les mêmes pièces d'artillerie.

Mes yeux tout à coup se sont tournés vers ces canons, et j'ai vu que certains d'entre eux portaient en grandes lettres rouges des noms, des noms de femmes, peut-être des noms de stars célèbres, mais aussi... oui, j'avais bien vu : Death-dealer : le donneur de mort. Et un peu plus loin un autre : Widow-maker : le faiseur de veuves.

Rien n'était donc changé et ne le serait sans doute jamais.

« Mes enfants, si vous allez là-bas pour maintenir le monde comme il est, alors n'y allez pas, mais
si c'est pour le changer... » Pauvre évêque! Et
pauvre Bill, que je retrouverais peut-être ce soir à
l'étape, pauvre enfant innocent, naïf, hélas,
comme moi-même.

C'est à Versailles que nous nous arrêtâmes pour
la nuit. Tout ce dont je me souvienne de cette
soirée-là c'est de la manière dont un des officiers
ne manquait jamais en vous parlant de vous
demander ce que l'on pensait de son doux accent
de l'Ohio? « *How do you like that sweet Ohio accent?* »
et qui entra dans une grande colère en apprenant
que les Boches — *the Krauts* — avaient plus ou
moins pillé le château. Pendant une bonne demi-
heure, il ne cessa de les injurier, les traitant de fils
de chienne, de sales bâtards, jusqu'à ce qu'enfin,
n'en pouvant plus, il se retirât sous sa tente,
comme tout le monde...

J'aurais voulu revoir le lieutenant Stone et Bill,
mais ils ne parurent ni l'un ni l'autre.

La nuit se passa. Le lendemain nous traver-
sâmes Paris, ensuite nous prîmes la route de
Compiègne et c'était toujours le même beau ciel, le
même défilé de gros canons portant leurs inscriptions en lettres rouges.

Voilà aujourd'hui près de trois mois de notre

halte à Compiègne, une halte assez longue pendant laquelle j'eus la surprise de voir reparaître le lieutenant Stone. Comme nous étions arrêtés en pleine ville entourés de beaucoup de monde, quelqu'un arriva, écartant la foule, et se planta devant moi.

— *Hello*, Louis, comment allez-vous? Comment trouvez-vous ce petit voyage d'agrément? Beau temps, non?

C'était le lieutenant Stone. Toujours le même lieutenant Stone, plein de santé, de bonne humeur, joyeux, sa belle main de violoniste amicalement tendue.

— *Hello!* Comment allez-vous vous-même?

— *First rate!* me répondit-il.

— J'espérais vous rencontrer hier à Versailles. Où étiez-vous passé?

— *Somewhere in France...*

Autrement dit : quelque part en France. Il ajouta qu'il était heureux, en tout cas, de n'avoir plus à s'occuper de ces misérables procès de soldats noirs. Cela recommencerait bien un de ces jours, il ne savait ni où ni comment. Mais... quoi qu'il en fût le voyage était une manière de repos. Et quel beau pays que la France! Non?

— Bien sûr. Est-ce que notre ami Bill est toujours avec vous?

— Naturellement. Peut-être le retrouverez-vous ce soir à Saint-Quentin.

— Nous allons à Saint-Quentin?

— Oui. Mais « top secret ». Vous êtes supposé n'en rien savoir.

— O.K. A propos de Bill, parle-t-il toujours de son évêque?

— Toujours. Et il tient toujours son Journal de guerre.... — son pense-bête, ajouta-t-il en éclatant de rire.

La bonne humeur du lieutenant Stone était constante. Mais tout à coup il me sembla qu'il s'assombrissait. Il me regardait presque avec sévérité.

— Dites donc, mon vieux, vous n'avez pas trop bonne mine.

— Moi?

Je ne me sentais pas mal le moins du monde. Peut-être un peu fatigué mais depuis si longtemps que je n'y prenais plus garde.

— Nous nous retrouverons ce soir à Saint-Quentin et nous parlerons de cela.

— Oui! Croyez-vous?

— Oui. Pour le moment, nous repartons. On se rembarque dans un instant. O.K., Louis. A ce soir!

— A ce soir.

— O.K. Prenez soin de vous!

— O.K. Merci. A ce soir.

Il disparut écartant la foule, comme il avait fait en venant. Un peu plus loin je le vis courir...

Fidèle à sa promesse, le lieutenant Stone est venu me retrouver à peine étions-nous arrivés à Saint-Quentin. La première chose qu'il m'apprit en m'abordant fut qu'il m'invitait à dîner avec lui et quelques officiers dont je connaissais certains que j'avais souvent vu siéger à la Cour martiale, le lieutenant Bradford bien sûr. On dînerait à l'hôtel.

— *Is that O.K. with you?* Et comment s'est passée l'étape?

— Bien. *Why not?*

Quant à lui, il avait voyagé à côté d'un officier ancien combattant de la première grande guerre qui, au fur et à mesure que nous approchions de Saint-Quentin, reconnaissait les lieux où il avait combattu alors et celui où il avait été blessé. C'était une chose vraiment incroyable que de s'y retrouver. Il aurait fallu enfermer chez les fous celui qui le lui aurait prédit après l'armistice de 1918.

— Brave type! dit le lieutenant. La seule consolation qu'il puisse se permettre, c'est de se dire qu'il sera trop vieux et peut-être mort pour participer à la troisième.

— Vous y croyez?

— A la troisième? Sait-on jamais. On rencontre aujourd'hui pas mal de gens qui y croient. Attendons pour en savoir plus long que nous ayons rejoint nos amis de l'Armée rouge à Berlin...

L'hôtel où nous allions était l'hôtel de la Poste. Tout y était prêt pour nous recevoir. La première personne que nous rencontrâmes dès le hall fut le lieutenant-colonel Marquez.

— Et vous, colonel, est-ce que vous y croyez?

— A quoi?

— Mais à la troisième!

— Ah! s'écria le lieutenant-colonel Marquez, s'exprimant *in his own words*, c'est-à-dire dans son propre langage, *don't spoil my dinner!* Ne me gâchez pas mon dîner!

Et aussitôt il nous tourna le dos et s'éloigna.

... A table il ne me fallut pas trop d'imagination pour me croire revenu à la Cour martiale. Au bout de la table, le lieutenant-colonel Marquez semblait présider, entre deux officiers que j'avais souvent vus près de lui à l'audience. Le lieutenant Bradford se trouvait là aussi, toujours aussi jeune et élégant, distingué. C'était comme une reconstitution à laquelle ne manquaient que les accusés et les témoins — peut-être ce malheureux paysan dont on avait tué la femme, peut-être ce petit enfant noir d'Harlem, dont le visage, sous la lumière des torches au fond de la nuit, m'était apparu comme un visage d'idole.

Tout ce que j'avais vu là me revenait à l'esprit. J'en avais été un témoin et je me disais qu'un jour, à mon tour, je pourrais encore une fois lever la main droite et dire « Je le jure! » Exception faite, bien sûr, pour le procès de l'officier des Rangers assassin d'un F.F.I. auquel je n'avais pas assisté. Le tueur.

Au fait, pourquoi n'était-il pas assis là, à cette table, comme je l'avais vu assis au mess aussitôt après son acquittement?

Tout le monde dînait de fort bon appétit. On

avait fait venir des nourritures américaines, pasteurisées, et de grands pots de chocolat, de Nescafé, des pâtisseries.

Le lieutenant Stone, mon voisin, s'était mis à raconter la suite de l'histoire de l'officier américain qui avait retrouvé l'endroit où il avait été blessé en 1918. Cette suite était un vrai roman d'amour. Une fois guéri de ses blessures, cet officier était allé à Paris et là il avait rencontré une jeune femme avec laquelle il avait vécu toute une année. C'était le grand souvenir de sa vie. En en parlant, il en avait encore les larmes aux yeux. Et, pensez donc, une femme française! Mais, hélas! l'amour n'a qu'un temps!

On l'avait écouté dans un grand silence, un peu gêné. A cette table, combien étaient-ils à faire le même rêve? Est-ce que la guerre n'était pas aussi une grande pourvoyeuse d'aventures?

— Ah! Dieu! Quel romantisme! dit quelqu'un.

Et, là-dessus, le brouhaha, la confusion des conversations reprit, et, tout à coup, le lieutenant Stone se tourna vers moi.

— Vous ne dites rien, Louis. Ça ne va pas?

— Si. Très bien.

— Vous n'êtes pas malade?

— Moi?

— C'est vrai que je ne vous ai pas trouvé bonne mine, ce matin. Vous ne mangez rien?

... A quoi bon raconter la fin de cette soirée-là?

Il ne s'y dit plus rien qui mérite la moindre mention.

En sortant de table, le lieutenant Stone m'entraîna vers un des officiers.

— Voilà notre interprète, dit-il. Je ne le trouve pas en bonne condition. Or, c'est moi qui l'ai fait entrer dans l'armée. Je voudrais que vous me disiez s'il peut continuer la route avec nous, si je peux prendre cette responsabilité ?

De la conversation que nous eûmes avec cet officier supérieur — il résulta qu'on ne pouvait pas prendre cette responsabilité.

DU MÊME AUTEUR

Aux Éditions Gallimard

LE SANG NOIR (Folio n° 1226).
LE PAIN DES RÊVES (Folio n° 909).
LE JEU DE PATIENCE.
PARPAGNACCO.
ABSENT DE PARIS.
LES BATAILLES PERDUES.
LA CONFRONTATION (L'Imaginaire n° 63).
SALIDO *suivi de* O.K. JOE ! (Folio n° 2423).
COCO PERDU (Folio n° 2147).
CARNETS
    I. 1921-1944
    II. 1944-1974
L'HERBE D'OUBLI.
VINGT ANS MA BELLE ÂGE.
LABYRINTHE (L'Imaginaire n° 384).

Aux Éditions Grasset dans la collection « Les Cahiers rouges »

LA MAISON DU PEUPLE *suivi de* COMPAGNONS.
DOSSIER CONFIDENTIEL.
ANGELINA.
HYMÉNÉE.

Aux Éditions Calligramme

SOUVENIRS SUR GEORGES PALANTE.

Aux Éditions Folle Avoine

MA BRETAGNE.